中華

鳳兮鳳兮

葉靈鳳

李廣宇 著

目錄

輯一 葉家二三事

輯二 香江紙貴出書難

輯三

細讀靈鳳書

輯一

葉家二三事

葉中敏眼中的父親

在港期間一直盼望能跟葉靈鳳先生的家人見個面，昨天終於託朋友找來了先生愛女葉中敏的電話。葉中敏曾任香港《大公報》副總編輯，現任主筆，腕底功力堪稱子承父業。今天午前試着發去一條短訊，午後就接到先生的回電，說非常感謝我能為她爸爸作傳，一定要在近日和她妹妹一起請我吃頓飯。算起來，葉中敏先生差不多也該年過六旬了，還擔心我到北角報館那裏路不熟，而特意將就餐地點安排在中環，並仔細地叮囑我走地鐵的哪一個出口。這份親情，一下午都暖暖地縈繞於懷。

轉眼到了約定的日子，白天照例上課，一天無話。五點下課後，直奔地鐵站，趕到中環去見葉中敏。在置地廣場，還是我先認出了葉先生，寒暄幾句，葉先生就帶我冒着細雨穿過皇后大道中，來上海總會吃飯。這是一家會員制的餐廳，桌上擺着的幾份《新民晚報》先就營造了幾分滬上的氣息。經理領班跟葉先生都是熟人，一邊打着招呼，一邊就安排了幾個小菜，有口水雞、清炒蝦仁、乾炸小黃魚、菜肉餛飩，非常的上海。話題自然就從上海菜開始。「我媽媽能燒一手上海菜，所以父親的朋友們喜歡來我家作客。我媽媽一般也只在這個時候下廚，平時都是廣東保姆給我們做粵菜。那時候，爸爸要養活九個孩子，還有我姥姥，日子雖然說不上奢華，卻也不壞，平常都要請三個保姆。爸爸的經濟來源就是寫稿，經常一天裏要完成九家報刊的約稿。」兄妹九人，我還是頭次聽說，本以為中敏是長女呢。但她說，她排行老六，前三個孩子在上海出生，後邊六個抗戰勝利後才在香港出生，所以中間差了好幾歲。

「那時候住在羅便臣道，房子很高很大，爸爸的書櫃一直頂到房頂，書櫃裏擺不下了就往地上堆，他還經常到書店買回一些，常去的書店是三聯、商務和辰衝。他大部分時間都是在書房看書寫字，有時我們太吵了他就把門關上。吃晚飯時我們就去敲門喊他出來，吃完晚飯他就去報館上班，我們常常熬着不睡等他回來，因為他常會買些好吃的給我們帶回來。週末的時候他還會帶我們出去玩，喝喝茶什麼的。爸爸是個很傳統的人，比如吃飯時他就要求『食不言』，但他從不直接說女兒們什麼。有一度我姐姐愛穿奇裝異服，頭髮弄得很奇怪，他就讓我媽媽說，自己不直接批評。小思最近在整理爸爸的日記，她跟我說，你爸爸真是一個好丈夫、好父親，他的日記雖然很簡單，但傾注着對你們的感情。可能他的性格就是這樣不愛表達吧。」

「五六十年代那會兒，香港左中右三派涇渭分明，但爸爸卻是哪一派都能接受。他自己供職的《星島日報》屬右派，卻長期給左派的《大公報》、《文匯報》、《新晚報》寫稿。有一次朋友們給他祝壽，左中右都來了，還包括國民黨在港僑委的卜少夫，這種場面一般是從來不會出現的。但爸爸非常愛國，李宗仁回歸時，他是內地邀請回去採訪的唯一一個香港記者。『文革』前夕，他還跟夏衍提出來要回內地定居，但夏伯伯勸阻了他，可能一是不想他回來被批鬥，二是也想讓他在香港發揮獨特的作用。聽說，夏伯伯比我爸爸還先認識的我媽媽，『文革』結束後，他和周揚還專門把媽媽和我們接到廣州住了幾天，也有表達對已經去世的老友懷念的意思。左派報紙的費彝民社長、羅孚總編輯都是爸爸的好朋友，我來大公報工作，就是羅伯伯的安排，那時我剛剛高中畢業，不想再讀書了，羅伯伯說何不來《大公報》工作？我就一直工作到了現在。」

「爸爸那代人，時常聚到一起，到我家參觀新書的也很多，他們之間也愛開玩笑，但玩笑裏也總是有典故的。曹聚仁伯伯去澳門，就把他家的狗寄養在我家。徐訏也來往較多，他病重時，爸爸眼睛也不行了，讓我媽媽和我替他去探望。陳君葆、馬鑒，也都很要好。有幾位廣東作家，嶺南風格的，也跟爸爸過從甚密。侶倫接待過第一次來香港的我爸爸和他的第一位太太郭林鳳，後來侶倫還問我知不知道爸爸之前有過一個太太，我說從書上讀到過。她也是大戶人家，家裏出過命案。後來爸爸遇見我媽媽是在上海的現代書局，那時施蟄存也在那裏編《現代》，媽媽在世時我們還到上海看過他。我媽媽不寫文章，但寫過詩，風花雪月一類的。」

「至於說到爸爸的漢奸問題，我媽媽說，你爸爸肯定不會作漢奸的。日本人佔領香港期間，爸爸把媽媽的積蓄要去，說要辦報紙，可能也是掩護，有人通過查證檔案說爸爸為政府運送情報。我覺得你在書裏說得好，爸爸的本色確實是一個平實的讀書人。」

「爸爸的爸爸是南京人，是個作官的，所以在南京住的時間不長，小時候爸爸就跟着去了九江、昆山。爸爸很小就沒有媽媽了，跟繼母感情不好，從小跟他的姐姐親。『文革』後期我能去內地採訪了，他讓我去上海看望兩個姑姑，給她們帶東西，姑姑也讓我帶回家鄉的東西，他見了非常高興。」

「對於香港史地的研究，爸爸該是最早的。香港為什麼叫香港，他做了詳細考證。關於張保仔的傳說，他一邊研究清朝的奏摺，一邊對比洋人的著述，弄清其中的真相。九龍城寨的主權，他既靠史實說話，又充滿愛國激情，如果在香港回歸問題上有什麼爭執，這些都是用得着的史料。」

「爸爸的藏書很多，他去世後，有人就說，千萬別隨便糟蹋了。香港中文大學的校長馬臨願意接收並闢專室收藏。他是父親老友馬鑒的兒子。馬鑒是香港大學中文系教授，是當年港大唯一的華人教授。但中文大學圖書館的館長不同意接收，她是留學英國的，認為這些書沒什麼價值，還很破舊。但馬臨堅持接收，我媽媽和我們還去搞了個儀式。聽說現在也丟了一些。當年，爸爸去報館上班後，我常常溜到他的書房看書。那時，黃俊東他們幾個文藝青年經常來找爸爸，有次帶來一位新人，介紹名字時說叫區惠本，我在一邊聽了就笑。爸爸問我笑什麼，我說你不覺得惠本這名字像和尚嗎？爸爸很高興，說看來你還真讀了幾本書。爸爸很少誇獎子女，這是難得的一次，看來他很喜歡孩子讀書。」

| 葉靈鳳與區惠本合照

「爸爸從四十年代起，寫了不少日記，可惜大部分都給弄丟了，僅有的幾本，我為了作個紀念，就保存了下來。是六十年代中期的，記在普通本子上，字很大，因為那時眼睛已經不好了。小思一直研究香港文學，又跟我姐姐是同學，就提出來要把我爸爸的日記整理出版，我認為這些日記就是記錄日常瑣事，不見得有什麼價值，但她不這麼認為。本來要找政府資助一下，但三聯書店聽說了，願意接下來。目前她正帶着中文大學一位年輕的女教師，逐篇詳加注釋，基本快完工了。」說到這裏，她後悔今晚沒把小思叫來一起吃飯，表示回去馬上聯繫，隔日再聚。

說到父親的書在內地重印，她表示很感謝羅孚伯伯和三聯的范用老闆。「要知道當時羅伯伯還是在服刑期間。」陳子善、姜德明等內地的葉靈鳳研究者她都見過。我寫的那本《葉靈鳳傳》，她說小思給她看過。前陣兒福建出版的《書淫豔異錄》，曾經通過陳子善聯繫過她，給了一些稿費，更多的出版社則沒什麼表示。她說：「給了稿費，我們兄弟姐妹很高興，說老爸到現在還給咱們創造財富，也就拿去玩了。不給也不會計較，能出版說明喜歡父親的文字，沒什麼不好。我們也都不願多說自己的出身，都過着自己平和的日子。」

葉中敏、小思談葉靈鳳

按約定時間來到上海總會，一位女士跟我同時到達，一看就是葉家的人，一問果然是葉靈鳳倒數第二小的女兒中美。中敏老師已先到並點好了菜，三人剛寒暄幾句，小思老師就來了。小思是香港影響力很大的作家，她的散文集《承教小記》已經印刷了幾十版；她更是香港文學研究的開山鼻祖，以盧瑋鑾的本名出版了大量著述；她更是首屈一指的葉靈鳳研究專家，這一點上實在是我神交已久的老師。落座後，小思從包裹掏出一本她和鄭樹森、黃繼持合編的《香港新文學年表》贈我，這正是我久覓不得的，當然歡喜。小思說，可惜黃繼持已經不在了，不然會帶你見他。中敏則送一套精裝的《書淫豔異錄》給小思，說，「書名應該用的是我爸爸的手跡，廣宇應該知道的。」我說是他用鋼筆寫的字跡。中敏攛掇我請小思在書上簽字，小思老師寫了「廣宇書友　小思」。我又請她在她編的《葉靈鳳戴望舒合集》上簽名，她則寫了「盧瑋鑾」。我請葉家姐妹也簽一個，她倆直說沒資格，後來就在書中照片下端分別寫了「這是我，中敏」和「這是中美」。厚道、低調，一如她們的父親。

小思老師出身於香港中文大學新亞書院，又長期擔任母校的香港文學研究中心主任，學校待她不薄，她對母校也無私，把自己多年搜藏的珍貴史料貢獻出來，建立了香港文學特藏室。她問我是否去過中大圖書館，我說專門去看葉靈鳳藏書，但身份所限沒能進去。她說那裏正在辦葉靈鳳所藏簽名本的展覽，你一定要去看看。說話間抄起電話就撥通圖書館蘇助理，要他好好為我安排。她說：「要不是明天要參加三聯書店一個活動，肯定陪你一道去。」說到三聯書店，她想起了正在整理的葉靈鳳日記，說工作進展非常艱難，因為力求把後人不甚了了的史實掌故都詳加注釋。但有些資料很難查找，比如那些年葉靈鳳先生幾乎每天都要去一間叫作「別發」的書店，但這間書店到底怎麼回事幾乎無人知曉。費盡功夫才弄個明白，原來這是英商沃爾什兄弟早年開在上海的外文書店，英文名字叫 Kelly & Company，後來亦在香港註冊，他們當中的一個獨立出來又開了「辰衝」書店。小思說，上海的陳子善最近也考證出上海「別發」的歷史。中敏說：「辰衝也是爸爸常去的書店，現在還有嗎？」我說總店在尖沙咀樂道。中敏很是驚訝我對香港書店的熟稔。小思說：「葉靈鳳日記裏寫，他在別發可以賒賬，每個月領了薪水總是先去書店還債。」中美這時插嘴：「小時候看見的爸爸，除了吃飯，幾乎都是埋頭書裏。」中敏說：「他的書房挺大，除了一面是窗，三面全是書，書桌上方是一幅蒙娜麗莎，別處還掛着幾幅西洋名畫複製品，分別是維納斯的誕生和畢卡索畫的臥女。中國的書畫則是齊白石的荔枝和方孝孺的條幅。」小思聽見，力勸中敏把它寫下來，並讓我幫着說服，中敏又是謙虛地擺手，連說不想拿父親招搖。

我問：「你家長住的羅便臣道寓所是否還在？」中敏說，早就拆了。小思透露，前兩年她策劃口述香港文學史，就是請中敏帶人去羅便臣道拍的片子。中敏愧疚地說：「你們對我爸爸的瞭解，比我們還多。」也是，前天她還跟我說他爸爸的日記只留下六十年代當中的幾年，但小思說從一九四二年開始都有，我聽了十分欣慰。中敏說父親百歲壽辰時也沒想起搞個紀念活動，二〇一五年就是一百一十歲了，不妨明年借着日記出版搞一次，可以請小思、陳子善和我分別講一講。小思非常贊同，並建議再請董橋講講，「他在愛書和藏書票方面與先生有共同的興趣，只可惜羅孚先生已經臥病不起了。」中敏說前些天還去醫院看過羅伯伯。小思問他是否還認識你？中敏說不能說話了，只是點頭。

小思說點頭就是認得，他點頭的深淺也表示不同的意思。小思還說，紀念活動可以作為明年香港書展的主題。前幾年人們對香港書展批評較多，後來請她當顧問，她就連續三年各推出一位年度作家，分別是劉以鬯、西西和也斯，人們就沒什麼閒話了。儘管對也斯評價不一，但他又寫散文又寫詩又搞教學又搞研究，在香港文學中應該有其地位。我說：「可惜也斯也走了。」她說：「是啊，書展剛結束幾個月就走了，還好臨走得到了一個寬慰。」由此又說到政府對文學的重視程度，特別是對中國語文和歷史的教育，不免感歎一番……我說：「在那個年代，葉靈鳳都能寫出充滿愛國情懷的文字，真是難得。」小思說：「你看的還是能夠公開發表的，在他不準備發表的日記裏，這種情緒要強烈多了。讀他的日記，才知道他是怎麼樣一個好丈夫、好父親，怎麼樣一個愛國的真正讀書人。像他這樣默默做了很多但到死都不能說的人在香港其實還有很多，特別是當潘漢年過早死去，唯一的單線也斷了的時候，更是說也說不清了。」

我拿出小思那本《一生承教》，說：「這是陸智昌設計的封面。」小思眼睛一亮：「你也喜歡陸智昌?!」這本書上的魚，實際是我書裏寫到的京都和宇治之間萬福寺裏橫吊在迴廊上的一條大木魚。陸智昌的設計不僅美，還能體現書中的內蘊。那時陸智昌在香港剛剛出道，我們還合作過一本講粵劇文化的書。他設計好封面，惴惴不安地拿給老闆看，怕說他畫得太簡單是偷懶，但那本書卻大獲成功，一千塊一本一天就預訂一空，他也因此得了設計大獎。以後就去北京發展了，現在據說請他設計要排隊五年。」我說我喜歡陸智昌，喜歡書籍設計的書，喜歡版畫，喜歡竹久夢二，喜歡比亞茲萊，小思聽了幾乎要跳起來。她也是買了一大堆比亞茲萊，買了一大抱竹久夢二，在京都念書時，清水寺旁夢二的故居去過。我說清水寺我去年去了，可惜由日本人安排，沒自己的時間，但東京彌生的竹久夢二美術館卻是去過了。說來說去，我們的這些愛好都是受靈鳳先生的影響。中敏說，她爸其實非常懂得美，她媽媽買了衣服，他對色彩的點評大家都很佩服。小思說，在香港找不到有誰能談這些了，很過癮。在送她們三位等的士那會兒，大家又抓緊最後的時間聊上幾句，直到目送她們上車，匯入皇后大道中的車流當中。

葉家姐妹

昨天深夜剛回到住處，室內電話響了，是葉中敏老師，她焦急地問我何時離港，我說後天淩晨，她長吁一口氣，這才說幾天前腳扭傷了，行動不便，總算走之前能見一面。約的是九龍塘又一城的星巴克，我說她走路不便，還是我湊到港島那邊，她堅持要來我這邊，說姐姐中慧一起來，她在這邊工作過十幾年，還常到城大的 Canteen 吃飯，地形熟悉得很。去到那兒，姐妹倆已在，中敏要的是咖啡，中慧點的是檸檬茶，中慧又給我叫了杯咖啡。我說中慧大姐我在照片上見過，姐妹中間更漂亮。中敏哈哈大笑，說姐姐自己也一直這麼認為。閒聊着就聊到了她們的爸爸媽媽究竟是不是一起來港。我說學術界有幾個版本，我的考證是爸爸先隨《救亡日報》來廣州，媽媽後來與戴望舒一家同船來港。中敏說是這樣：「爸爸是和夏衍伯伯一起到的廣州，還趕上了大轟炸，大概半年後媽媽擠上淪陷前的最後一班船離開上海，當時抱着一歲的大哥，拉着小腳的外婆，

葉家姐妹

肚子裏還懷着一個。一屋子書肯定都帶不來了，倒是帶了一些錢，來港後媽媽開餐館，爸爸搞出版，用的就是這些錢。外公是湖州的絲綢商人，家境較好，所以媽媽就來上海讀女子中學，畢業後到現代書局工作，認識了我爸爸。她比我們漂亮多了，也很有文才，還燒得一手好菜。有一年她不顧爸爸的反對，非要出版自己的詩集，結果直到父親去世後的一九七九年才自印了一冊《自我詩草》，下次來我一定要送給你。只可惜你晚來香港幾年，要不然我媽媽跟你在一起聊我爸爸，肯定特別開心。」

中敏老師輕歎一聲：「你走得很不

葉靈鳳與家人

巧，香港三聯要籌備出版葉靈鳳全集、年譜、大傳、紀念文集，六月六號正好三聯女老總侯明召集籌備會，你能趕上多好。」說着給我一份出版計劃，說你拿回去慢慢看。並說明年香港書展期間的紀念活動董橋很願意也出來講。接下來，又遞給我一份剪報，是她寫的〈敬悼羅伯伯〉。我心一沉，知道羅孚先生走了。文中果然印着羅孚與葉靈鳳先生的合影。羅孚是葉靈鳳的摯友，正是他，當年以柳蘇的筆名在《讀書》發表〈鳳兮鳳兮葉靈鳳〉，又替故友編輯出版三冊《讀書隨筆》，這才掀起葉靈鳳熱。中敏先生的文章對羅孚與她們全家的友情記敘甚詳，她說：「這些年來，不曾寫過一篇關於羅伯伯的稿子，一般的話沒有必要寫，一些事情不宜寫、不想寫，也就保持緘默好了。」讀來真是感慨。中敏先生顯然是想讓我開心些，分別前打趣說你去韓國是見都教授吧？一直只微笑不吭聲的中慧大姐說：「下次來我請你喝茶，你可要帶個星星來。」

葉靈鳳在一九七三

時間來到一九七三年，年近七旬的葉靈鳳急遽衰老。血壓高，血糖高，只能靠增加藥量維持穩定。三月一日的日記這樣寫：「連日早睡，晨間早醒，不能安睡，白晝反而甚感疲倦。夜來遺尿在床，睡褲盡濕，老邁至此，真可歎也！」最要命的是眼睛壞了。去年十一月三十日曾經在養和醫院割除左眼的白內障，今年十月二十六日第二次住院手術，「因又生了一層薄翳」。眼鏡換了一副又一副，還是看不清。放大鏡買了一隻又一隻，仍嫌倍數小。有一次，與三女中敏又去商務購放大鏡，選擇許久，覺一小型者效果較佳，遂購下。誰知歸後始知與已有者一模一樣，不禁自道：「可發一笑。」

「香港的自然是美麗的，尤其是花木之盛。」這是葉靈鳳小品〈一月的野花〉開頭的一句話。他喜歡香港的自然，喜歡研究香港的花木蟲魚，也時常和幾個老友到離島、到山野結伴遠足。一月裏的一天，老友源克平恰好打來電話，約往長洲一遊，但這次他考慮了三天，破例致電婉拒了，「因歲暮天寒，視力不佳，不想多跋涉矣」。非但不能遠足，便是各種聚會，因為「皆要單獨一人前往，對此甚感躊躇」。三月間新華社請春茗，勉力而去，被邀者多工商財貿界人士，有七八桌，因「視力不佳，人又不熟，大窘」。席散後還要由在外間等候的女兒送他回家。

阮朗回憶說：「連續幾年裏，葉老和幾個朋友有一個先是定期，之後變成不定期的餐敘，天南地北聊聊。」「在我們中間，葉老當然是個老大哥，但他很風趣」，「我們的餐敘，用葉老的話來說，那是『蜻蜓吃尾巴，自吃自』」。在以往，這種餐敘差不多每週一次，但「這一年半來葉老經常不到，不是不舒服，便是由於白內障動手術」。一九七三年，見於葉靈鳳日記記載的，只有三兩次而已。三月二日記：「今晚與羅、黃、源、嚴等在新美利堅聚餐，此種餐聚至本次已曆九十九次，下次即一百次。」羅是羅承勳，又叫羅孚、絲韋、柳蘇，當時是《大公報》副總編兼《新晚報》總編，十五年後，正是他替故友編輯了三冊《讀書隨筆》，由三聯書店出版後，在故國大地一紙風靡。黃是黃茅，又叫黃蒙田，當時擔任集古齋顧問，是中國美術家協會在香港的唯一一個常務理事，與

葉靈鳳與今聖嘆（右）、三蘇（中）

葉靈鳳一樣，都喜歡美術，都喜歡寫小品。源是源克平，寫詩的時候署名夏果。嚴是嚴慶澍，也就是寫《金陵春夢》的那個唐人，與葉靈鳳合出《新雨集》時，他的名字叫阮朗。

最痛苦的還是因視力不好，不能讀書作文。「每日午睡時間甚長，耗時甚多，因此往往終日無所事事」。以往每天手不釋卷的情形不復出現，就是偶爾翻閱比亞茲萊畫冊，也要佐以放大鏡才勉強可讀。三蘇也就是高雄，最瞭解作為一個「純粹的讀書人」的葉靈鳳，在他逝世後，三蘇曾在悼文中說：「我認識讀書與愛書的人不少，但很少像葉老那樣，把全部生活投入讀書之中，把讀書當作他生活的全部的。」「這幾年來他的眼睛患了白內障而致連用放大鏡也不能看書的期間，我想是他一生中最痛苦的時候了。」

寫字也愈來愈困難。按照老人自己的說法，「眼睛手指都不聽話，心情也差了」。阮朗也說：「平時他的字體秀麗，這時他的字體有大有小，而最小的一個字，也要佔一般稿紙的三四個格子大小。」那個時候，劉以鬯正在編《快報》，有一天，排字房的工友拿了葉靈鳳手稿走來，對他說：「葉先生患了白內障，視力很差，作稿時寫的字愈來愈大，前些日子，一千字寫八百，我總在文末塞一塊小電版的。後來，一千字只寫六七百，必須塞以一塊較大的電版。但是這篇稿子，雖然寫滿兩張稿紙，排出來只得四百多！」歲梢源克平談及擬出版一套叢書，取名「南斗文叢」，邀請他參加一冊，但這樣的身體狀況使得寫作幾乎成為不可能，就是燈下整理舊稿，也「校讀甚難」，常常未果。一貫勤於筆耕的他時常暗下決心，「若視力繼續保持良好，當恢復寫作，惜此餘年。」不甘之下甚至還嘗試由他口述和提供資料，請女兒中敏代筆，並以這樣的方式完成了一篇紀念畢卡索逝世的短文。

寫作對於葉靈鳳，既是愛好，又是工作，更是養家糊口的來源。壯年的時候他一晚寫八九千字是常事，一旦不能寫作，僅靠報館的一點薪水，就有些「入不敷出」了。可屋漏偏逢連夜雨，「連日米價狂漲，每斤售一元者已漲至一元五毫」，「碳售至每斤四元（平時每斤在一元），且缺貨。」雖然已經參加工作的幾個兒女偶爾交來幾百元貼補家用，但仍屬杯水車薪。他沒有積蓄，正像他的女兒葉中敏所說：「金錢之於他似乎是毫無保留的價值，堆滿書架和地面的書本就是他畢生的積蓄，也是他最大的快樂和滿足。」

在這一年的春上，他提到了變賣藏畫：「黃（蒙田）又赴北京，幾次想向他提起託售書畫事，未果，待他這次返港一定要弄清楚，不想再拖下去了。」初讀時我以為他是為五斗米折腰，可後來看到阮朗的〈葉靈鳳先生二三事〉，才明白他原來有着更高的追求。阮朗說：「朋友們感受到葉老『老而彌堅』的精神，他曾想辦一份雜誌，名字也定了，經費正在張羅，譬如賣掉藏畫之類，可是這計劃給日益高漲的物價扼殺了。」

葉靈鳳雖說是美術科班出身，終身喜歡美術，可他似乎並沒有太多書畫珍藏，搜羅最多的不外是一些名畫的複製品。在他的藏書中倒是有一部鎮宅之寶，這就是清嘉慶刻本《新安縣誌》。有一天，他燈下翻閱黃蔭普氏《廣東文獻書目知見錄》，又得知《新安縣誌》僅美國及廣州（抄本）各有一部，「可知此志少見，我的一部甚難得也。」也有人惦記這部珍本。加拿大一所大學圖書館的胡女士，前曾任職香港馮平山圖書館，知道他藏有《新安縣誌》，託黃蔭普詢問是否有意出讓。據說買方出價甚高，相當於如今的過百萬元，葉靈鳳明明生活非常窘迫，仍「告以不願外流」。他生前不止一次表示，書要送給國家。在他去世後，他的家人完成了他的遺願。

人至暮年，也到了回憶往事的時候。這一天，葉靈鳳在讀一本《四季》文學季刊，裏面有該社同人訪問他談穆時英的文章。「重讀一遍，往事不堪回首，思潮動盪，久不能止。」當時的《四季》編者沈西城在近著《本土文化圈滄桑史》中記述了當年在紅寶石餐廳訪談葉靈鳳的情形：「葉靈鳳那時已有目疾，出入不便，很少接受訪問，可為了老友穆時英，他還是由他的女兒中嫻攙扶着來見我們。席間，葉靈鳳暢論了當年日本新感覺派在上海發展的情況，提到穆時英和劉吶鷗這兩位老朋友，葉靈鳳的聲音開始哽咽，眼睛也紅了起來。」

那一天，寫過《酒徒》、《對倒》等小說的知名作家劉以鬯也在座，他還記得《四季》編者問葉靈鳳「有沒有穆時英的照片」，葉靈鳳說：「也許會有，不過找不到了。如果視力不這麼差的話，可以憑記憶畫一幅出來。」其實他和穆時英曾經共同出現在一幅漫畫當中，那是魯少飛一九三六年畫的《文壇茶話圖》，就刊登在他和穆時英共同主編的《六藝》雜誌。漫畫的説明文字中有這樣一段話：「立着的是現代主義的徐霞村、穆時英、劉吶鷗三位大師。手不離書的葉靈鳳似乎在挽留高明，滿面怒氣的高老師，也許是看見有魯迅在座，要拂袖而去吧？」據説，《四季》訪談之後，葉靈鳳意猶未盡，又給編者寫了一封信，託黃俊東轉去，信中一段話委實能道出葉靈鳳的幾許心曲：「他們兩個人，都是我的好朋友，當年抗戰發生後，忽然都遇到了這樣的下場（指因附逆而遭暗殺）。當時在大義與私交之間，實在令我在感情上很難處理。過去是這樣，現在也仍是這樣。」

隔天，三育書店的車載青以曹聚仁的遺著兩種見贈，分別是《我與我的世界》和《國學十二講》。面對亡友的遺著，葉靈鳳「展卷愴然，眷念故人不已」。曹聚仁也是由滬來港的作家，當他還在上海辦《潮聲》，鼓吹烏鴉主義的時候，葉靈鳳就時常「見到他在望平街上出入於各書店之門」。在香港這些年，葉靈鳳與他雖然沒有發展成摯交，但也惺惺相惜。曹聚仁曾經對人說：「朋友中，書讀得最多的，是葉靈鳳。」他甚至在一篇談魯迅的文章中認為，「魯迅也有不知之事，也會有錯處」。說他淵博之處，未必及得上葉靈鳳云云。葉靈鳳直說「這次未免讚得太過分了」，但他也懂得投桃報李，稱讚曹聚仁「讀過萬卷書，行過萬里路」。在葉靈鳳去世後的「三七」，羅孚和一班朋友特地到葉府憑弔，「大廳裏的一隻狗和另外的小廳裏的一隻狗此呼彼應地叫着」。羅孚說：「大廳裏的狗是有來歷的，老作家曹聚仁前幾年遷去澳門養病，不久就去世了，這隻狗是他行前的託孤。」

由曹聚仁，他想起了更多的往事、更多的故人，想起了年輕時代的眼淚和歡笑，「想寫稿，在心中構思，擬以《記憶的花束》為總題，分段而寫」。可惜「視力差，快不能執筆也」。儘管如此，當香港的魯迅研究專家張向天要求他繪一草圖示意魯迅在虹口的各個住處時，他隨即表示「當奮力一試」，星期天即在家把草圖畫出。他說：「因我曾在『大陸新邨』對面的興業坊住過，所以對那些地方較清楚。」這又何嘗不是一種懷舊的舉動？

病痛纏身的葉靈鳳「就是不承認有病，不肯看病」，可事實卻是，往醫院和醫生家跑得愈來愈多，往報館跑得愈來愈少。終於有一天，他再也不用去報館了，這一天是一九七三年七月十五日，他自《星島日報》退休。據報館計算，他在《星島》先後服務三十三年。在他退休後的第二天，他長期編輯的副刊《星座》出了最後一期。當晚他在日記簿上用大字寫下：「此副刊自《星島日報》創刊之日即有，三十餘年，至今日停刊！」寥寥二十餘字，極盡收斂，卻浸透了無盡的惋惜和悽愴。莫日說：「《星座》可說是香港紛紜報紙副刊中，最富文藝氣息的一個副刊了。」劉以鬯說：「由他主編的《星座》，在這個商字掛帥的社會裏能夠維持那樣高的水準，足見他有一份可愛的固執。」《星座》的生命戛然而止，那個陪伴《星座》幾十年的人，則像電影鏡頭一樣，漸漸地淡出，而淡欲無。

葉靈鳳的身後

葉靈鳳是在一九七五年十一月二十三日病逝於香港養和醫院的。他的忘年交黃俊東這樣記述入院搶救時的情形：

上月二十一日，老作家葉靈鳳先生，因為體弱受不了天氣轉涼的侵襲，竟然着涼，引致身體不適，呼吸困難，他的家人隨即送他進入養和醫院，聘請醫生為他急救。據他的家人說，當時身體很弱，葉先生已不能說話，情況十分危殆，雖然用氧氣筒，也不見好轉，醫生說他患的是急性肺炎，若不能捱過三天，恐怕不易生存，結果是過了兩天，即二十三日中午，葉先生不幸與世長辭。

由於他的急病來得突然，事前沒有人知道他會一病不起，因此一句話也沒有留下，彌留之際，有幾次稍微清醒，似乎要和他的家人說話，可是一個字都說不出來，就遽焉淹化了。

葉靈鳳遽然去世的直接病因固然是急性肺炎，但根本的問題還是「身體的長期衰弱和抵抗力的幾乎等於零」。他的女兒葉中敏說：「血壓高和糖尿病是長期的慢性病，對患者的體質是一種無形的消耗和削弱」，「這大半年來，我相信爸爸已經感覺到自己日漸衰弱這一事實，所以初期是一時執拗的不肯去看醫生，到後來他自己也知道藥物的作用已經不太有關係，就更加不肯去看醫生了。他去世前的幾個月，心情一定是很不好過的。」

身體不好，心情也不好，就連堅持了許多年的每週餐敘有時也不去了。他的好友夏果，也就是源克平說：「近十年來，每星期都依時相約聚會一次。最近一年多霜崖體弱多病，不常參加聚會，但有時還帶着小女兒赴席，他沒有表現出什麼病態，依然談笑如昔。大家還是關心他的病體，有時會連袂到他家裏相聚。」他的另一個好友阮朗，也就是寫《金陵春夢》的唐人嚴慶澍說：「連續幾年裏，葉老和幾個朋友有一個先是定期，之後變成不定期的餐敘，天南地北聊聊。這一年半來葉老經常不到，不是不舒服，便是由於白內障動手術，大家為他的健康擔憂。……直到葉老逝世前三幾天，幾個朋友還在互約時間，而因有幾位定十一月二十一日旅行桂林而延期，沒料到葉老恰巧在是日送進醫院，在朋友以為是生離，在葉老卻是死別了。」

十一月二十四日，《華僑日報》刊發新聞稿〈名作家葉靈鳳昨晨病逝廿五舉殯〉，全文是：

（港訊）著名作家葉靈鳳先生昨（二十三）日中午病逝養和醫院，終年七十一歲。

葉靈鳳江蘇南京人，早歲來港。從事新聞工作三十多年，著作頗多，筆名有葉林豐、霜崖等。近年體弱，已經常臥病，本月二十一日上午因患肺炎送院，醫治無效，延至昨日中午十二時病逝。遺體已移香港殯儀館，定於本月二十五日下午二時半大殮，三時出殯，擇日在哥連臣角火葬場火化。

同日，葉靈鳳遺孀葉趙克臻率子女在《新晚報》刊發訃聞。落款的子女包括：男大偉、中健、中輝，媳黃桂華、鍾仰順，女中絢、中明、中慧、中敏、中美、中嫻，婿招顯智、陳耀洪、巢國鈞，孫男超駿，外孫男招嘉智、招嘉業。他的次女中明六歲時就夭折了，得的也是肺炎，「得病僅二日」便告不治，「葬於跑馬地天主教墳場」。中明的死使葉靈鳳很傷心，日記中輟了將近兩年。孫男葉超駿雖然才九歲，但卻很懂爺爺的心事，看到大人們選了一些書籍放進爺爺棺木中時，他在旁邊説：「放一本《人民畫報》吧，爺爺喜歡從頭看到尾的。」

喪禮於十一月二十五日在香港殯儀館舉行，據《華僑日報》報道，前往弔唁的生前友好，以及新聞、文化、出版、電影、工商界人士多達數百人，尤其引人注目的是，出現了不分派別同來弔唁的奇觀。具有台灣地區背景的《萬人日報》對此還專門進行了報道，刊於十一月二十七日頭版的這篇「本報訊」稱：

一名被左派報紙稱為熱愛「祖國」的新聞界人士葉靈鳳去世，左右派報人一同弔唁，於是在左派報紙上出現了左右兩派報人同列的簽名，成為香港報業的一個奇觀。……

《萬人日報》還稱葉靈鳳「死後備極哀榮」。稍後，《萬人日報》於十二月十七日發表的今聖歎的〈悼葉靈鳳先生〉，更在結尾處直言：「此公對人無忤，十分方正，學有專長，著作不苟。他死了，我是真心悲悼的。」這恐怕也代表了那些與葉靈鳳有交往的各派文人的共同心聲。三蘇在《成報》著名專欄「經紀拉與小新聞」中也寫了一篇〈送葉老之喪〉，文中也說：「葉先生一生淡薄，待人和氣，從不與人忤。」

關於「左中右」問題，葉靈鳳的好友羅孚和黃俊東都曾講到過。羅孚說：「至少在香港，他是並沒有『轉向國民黨方面』的，儘管和國民黨的人有所往來。一般被認為右或中間的作家以至左派的作家，他也都各有接觸。這樣，就成了左、中、右都有朋友的局面。而在左派之中，也有人認為他右，甚至在他去世之後，還有生前和他有來往的極個別的左派人士說他是『漢奸』的。真是難矣哉！」黃俊東則說：「葉靈鳳的晚年，適逢內地發生『文革』，雖然他身在香港，但多少也受影響，最明顯是『含冤』未能平反，朋友逐漸疏於來往。……由於環境特殊，因他常在當時被認為『左派』的報刊上長期撰稿，所交朋友也多『左派』作家，因此與他共事的一些朋友不免視他為左派的作家，而左派報刊的朋友又因為他在『右派』的報刊工作，不免又視他為『右派』分子，處於這特殊政治氛圍的葉靈鳳，他是從來不表示什麼的，但內心的寂寞是愈來愈明顯的。」

黃俊東當年還感慨：「我覺得他死得不大合時，因為他的許多朋友都不在這裏，也不便寫悼念文章。我記不得當時是否有報刊為他出版過逝世特輯（印象中好像沒有）。但是我與沈西城兄卻為他的死而出版過一個特輯，刊在沈兄編的《大任》週刊，葉先生死在當年十一月下旬，我們在十二月十一日出版的一期已經推出特輯。」他還說：「無論如何，當時在左右派報刊都無人敢為葉先生出一個逝世特輯之下，我們能夠借《大任》而推出圖文並茂的特輯，也算是很難得的事。」那一期的特輯葉靈鳳女兒葉中敏送過我影本，開篇是沈西城的〈寫在葉靈鳳特輯之前〉，接着便是黃俊東的〈老作家逝世了——悼葉靈鳳先生〉、翁靈文〈懷思葉靈鳳先生〉、區惠本〈葉靈鳳與香港史地的研究〉。三蘇的〈悼葉靈鳳先生〉則是轉載自《明報》副刊。區惠本有筆名孟子微，是與黃俊東相熟的藏書家和作者，他第一次到葉靈鳳家拜訪就是由黃俊東相偕，葉靈鳳在一九六九年五月三日的日記中有詳細記載，也可看出葉對於他的重視：

下午二時，黃俊東、劉一波，偕孟子微來。孟過去多年曾在《大公》《文匯》寫文史文章，甚獲好評，但大家卻不知他是誰，曾訪查邀約亦無結果。上次黃說與此人是好朋友，今日果然相諧見訪。始知近日在《星座》投稿之於徵也是他。他自稱姓區，名惠本，曾在新亞書院研究院畢業，現在一家出版社工作。記憶力甚好。對過去我在各處所寫文章，如數家珍，他說讀書亦受了我的影響，趣味是多方面的。談了一會，邀他們出去到紅寶石喝茶，至六時許始散。

至於黃俊東所說的「圖文並茂」，除了葉靈鳳晚年照相一幀，還有黃俊東所藏葉靈鳳早年著作《時代姑娘》、《鳩綠媚》、《新俄短篇小說集》以及《幻洲》半月刊的書影，並有一幅早年葉靈鳳所作比亞茲萊風格的插圖，這對於當時的香港讀者，恐怕是聞所未聞的。翁靈文年青時在北方讀書，當時就受到葉靈鳳很深的影響，他自己說：「雖然戰前兩年和戰後都和葉靈鳳先生在這天涯海角，而且是早已心儀，但我們卻不相識。」他和葉靈鳳的相識也是基於同樣的愛好，他在一家晚刊發表了一篇〈搜集名畫複製品〉，翌日葉靈鳳便在他的「霜紅室隨筆」專欄中以一篇〈我也有這癖好〉回應，文章說：「讀到××先生的〈搜集名畫複製品〉，使我非常高興。我還不知道是哪一位朋友的筆名，但他既喜歡搜集名畫複製品，即使不相識，至少也可以稱得上是同道了，因為美術科班出身的我，一向就有這癖好，而且這興趣至今仍像年輕時候一樣濃烈……」翁靈文亦喜藏書，有一次他在舊書舖買到一本葉靈鳳在香港印行的散文隨筆集《忘憂草》，竟是葉靈鳳簽贈夏衍的，非常珍貴，跟葉靈鳳熟識後，就想物歸原主。葉靈鳳也頗感意外，繼說：「這本書我處有着二本，還是你留下吧，送書者和受書人你都相稔，總算有點紀念性。」翁靈文的這篇文章中就附有葉靈鳳在《忘憂草》扉頁簽贈的手跡。

黃俊東無疑是深受葉靈鳳影響的一個，許多年過去，仍然止不住對葉靈鳳的懷念，又寫下一篇〈葉靈鳳逝世二十週年〉的長文。在這篇文章中，他還透露了一個未及實現的與葉靈鳳的約定：「當年他答應過筆者談些文壇掌故、人物回憶，用錄音的方式錄下，以待將來發表，但是居住得太遠，且為生活奔波，一時無暇去做，後來他又身體不適，以致遲遲未曾實現，實在可惜。」葉靈鳳未及實現的心願又豈止這一個？他的好友黃蒙田就說起過葉靈鳳計劃寫而不曾完成的另外幾項工作：一是，他有意寫一部《三江記》，內容是用文藝筆調寫長江、黃河和珠江的人文和自然。二是，他曾經多次表示想寫一本

《世界版畫史》，初稿已經大約寫成了五章，插圖很豐富，這本他最想寫的書最終沒有完成，這是非常可惜的。三是，為他喜歡了一生的薄命畫家比亞茲萊寫一本傳記，這個願望，即使在葉靈鳳自己的日記中，也是反覆提及。例如一九六七年八月二十日云：「夜雨，在燈下讀一冊比亞斯萊的短篇評傳，我想為比亞斯萊編一部作品選，附一篇評傳，此念蓄之已幾十年了，念念不忘，必欲發奮成之！」

葉靈鳳的愛書是廣為人知的。三蘇在悼念文章中就說：「葉老是一個標準的讀書人，也可以說是一個純粹的讀書人⋯⋯我不知道他究竟有多少藏書，不過每當我看到他的大書桌上堆滿了新書舊書，圍成一個城堡一樣，而這城堡的書又不時變換，我才想到這樣才算是一個讀書人。」葉靈鳳的女兒葉中敏深知，「堆滿書架和地面的書本就是他畢生的積蓄，也是他最大的快樂和滿足」。葉中敏有一點心願，「是希望和家人一道，把爸爸畢生心血所在的藏書好好處理，使這些書還能夠為更多的人服務」。「爸爸病逝前沒有留下什麼囑咐，但是我想，我們這樣處理他的遺物，他是不會不同意的。」在葉靈鳳身後，他珍藏的無價之寶《新安縣誌》被送回了他心心念念的祖國，其餘的近萬冊藏書則全部捐獻給香港中文大學圖書館。葉靈鳳去世後二十二年，如他所願，香港回歸中國。

趙克臻手寫的葉靈鳳小傳

春天的時候去香港，葉靈鳳先生的三女葉中敏在北角健康街柯達大廈的大公報社給我看了一堆有關葉靈鳳的剪報資料，當中有一頁半寫在原稿紙上的葉靈鳳小傳。原稿紙為致生公司制，每頁四百格，豎排，版芯有雙魚尾。看那字跡，酷似葉靈鳳的風格，但葉中敏說，這是她媽媽趙克臻寫的。小傳的全文如下：

葉靈鳳原名葉蘊璞，一九〇五年出生於江蘇省南京市。父名葉醒甫，滿清時曾任武職，母王氏，有一兄兩姊，五歲喪母。後因其父任職於鎮江，故童年生活於鎮江度過，十餘歲時父又調任九江，就讀於當地中學，畢業後得兄長之助，赴北京輔仁大學肄業，一年後離校。因醉心於美術，獨自往上海，進美術專門學校，並開始半工半讀之寫作生活，畢業後竟放棄學畫，專心於創作事業。後加入創造社，曾擔任多種文藝刊物之編寫工作，及《時事新報》等報刊之副刊主編。一九三〇年後進上海現代書局任總編輯之職。

第一次婚姻對象是女作家郭林鳳，結婚數年後因性情相左而離婚。一九三七年一月一日再與現代書局同事趙克臻結婚。

現代書局改組後，轉任時代圖書公司編輯。七七事變，抗日戰爭開始後，與夏衍、郭沫若等同創刊《救亡日報》，上海淪陷後，遷往廣州繼續出版，廣州失守，又遷往廣西，當時因政治問題，被逼停刊。此後退回香港居留，初時任《立報》副刊編輯，後進《星島日報》，主編文藝副刊《星座》，前後達三十多年，終因眼病退休。於一九七五年十一月二十三日病逝，享年七十一歲。有三子五女。

這篇小傳簡明扼要，基本寫出了葉靈鳳一生的概貌，有些情況，我也是通過本文第一次聽說。又因出自傳主配偶之手，可信度應該較高。稍感遺憾的是，由於篇幅所限，有些內容無法進一步展開。我這裏結合其他一些資料，試對這篇小傳的個別部分作一些注釋和補充。

葉靈鳳原名葉蘊璞。葉靈鳳原名葉蘊璞，靈鳳是他的筆名。家人解釋，靈鳳之名出自李商隱詩篇〈無題〉中的「身無彩鳳雙飛翼，心有靈犀一點通」。羅孚說：「靈鳳這個名字常常被人誤會為女性，就在他工作多年的那間報社裏，也有過這種誤會。事實上這的確是一位女性的名字……為了紀念這位女性的故人，就以她的名字為名了。」這位「女性的故人」，指的是葉靈鳳的第一位夫人郭林鳳。據説葉靈鳳曾有一個印章「雙鳳樓」，還寫過一組「雙鳳樓隨筆」，紀念這位「女性的故人」的用意很明顯，但取名「靈鳳」，時間上卻是在結識「同名的她」之前。像許多作家一樣，時間久了，筆名就不再是筆名，而成為正式的名字。在與第二任夫人趙克臻的結婚證書上，用的名字就是葉靈鳳，而不是葉蘊璞。在五十餘年的寫作生涯裏，他還用過許多其他筆名，早期用得較多的，有亞靈、曇華、雨品巫、佐木華等。在封面和插繪設計上，一般會署上一個英文的 LF，看起來很像一個「正」字。晚年用得較多的是霜崖和葉林豐，以及葉靈鳳和葉林豐的拆分或者衍生品，如葉林風、葉、林風、臨風、任風、鳳、鳳兮、風、豐等。香港淪陷時期，被迫寫一些違心之作或無聊之作，署名也是忽真忽假，變化莫測，有時甚至署上夫人的名字，如趙克臻、克臻、克、趙克進、進。為了謀生，葉靈鳳在上海和香港都寫過不少〈書淫豔異錄〉、〈歡喜佛庵雜記〉之類的專欄，前者習慣署秋郎、秋生、白門秋生，後者有時署番僧等。葉靈鳳好像並不願意被人知道「秋生」的真實身份，一九四七年的一則日記寫道：「以『秋生』筆名所寫的稿，已成公開秘密，很覺無趣。」羅孚對此頗有會意，他認為：「他當年要以白門秋生的筆名寫這一類文章，恐怕也多少認為這些東西有些不雅，或有些無聊，才用筆名而不用真名的吧。」而據方寬烈考證，葉靈鳳在淪陷時期主編《大眾週報》時，還用過另外兩個筆名，方氏的文章說：「翻譯方面他用筆名青樓蕭史譯寫中篇小說《香豔浮生記》，描述一個鄉村少女到城市墮落的過程，內容相當猥褻，據說原書名叫《丘芳年回憶錄》，作者是約翰克里．蘭。還有一篇中篇連載《香港海盜史話》，用鮫人的筆名發表，可能亦是葉氏所寫。」葉靈鳳用過的其他筆名還有：任訶、任柯、鳳軒、燕樓、沛堂、南村、香客、龍隱、秦靜聞等。

一九〇五年出生於江蘇省南京市。葉靈鳳的生年，趙克臻寫的是一九〇五年，這也是坊間比較流行的說法，但葉靈鳳的女兒葉中敏為「葉靈鳳香港史系列」撰寫的《葉靈鳳生平簡介》則寫為一九〇四年。羅孚在〈葉靈鳳和魯迅的罵戰〉一文中也說：「葉靈鳳生於一九〇四年……施蟄存是比他遲一年，一九〇五年生的。」但葉靈鳳本人在一九七〇年日記的結尾處曾有備註：「出生 1905 年 舊曆 9/4。」他的好友陳君葆為葉靈鳳所作的祝壽詩也有注曰：「葉靈鳳生於乙巳年舊曆四月初九。」關於葉靈鳳的籍貫，該結婚證書則稱系江蘇省江寧縣人。據葉靈鳳自述：「《白下瑣言》有一處提及『九兒巷』，這是我家的祖居所在，我就是在巷內的一座古老大屋內出世的。大廳的大屏門上有壁畫，據記在太平天國佔領南京時，這屋曾經作過王府。」他在一九四四年發表的〈鄉愁〉一文則說：「很少人知道我的家鄉是南京。我不大提起我的家鄉，並不是因為這家鄉不值得我的憶念，而是因為我對於家鄉的事情實在知道得太少。從小以來，我就承受了父親的命運，開始離開了南京，最初是為了知識，後來是為了衣食，在長江上游和下游的幾個城市裏消磨了我的童年和少年。」「長江上游和下游的幾個城市」，指的是鎮江、九江和昆山。他在這幾個江南小城讀完了小學和中學後，進入上海美術專科學校學習美術。根據趙克臻的這篇小傳，葉靈鳳在進入上海美術專科學校之前，還曾在北京輔仁大學肄業一年。難怪他的長篇小說《紅的天使》竟以古都北平作背景，難怪他會說：「我理想的家鄉則是北平。」

父名葉醒甫，滿清時曾任武職。葉靈鳳自小跟隨父親輾轉於南京、鎮江、九江等地，這在他的幾篇隨筆小品中已有描述，但他父親做的是武官，他則少有透露。趙克臻先生將葉父的姓名寫作「葉醒甫」，而在新近發現的葉靈鳳、趙克臻結婚證書上卻寫作「葉性甫」，鑒於後者屬「法律文書」，可能更為可信。在一九三七年葉靈鳳與趙克臻結婚時，證書上葉性甫是以主婚人身份出現，可見那時他還在世。

母王氏，有一兄兩姊，五歲喪母。葉靈鳳曾經自述：「《白下瑣言》有一幅江南製造局的插圖，其題字署名『古虞呂福倓厚庵』，這乃是我的外祖父。（呂氏繼母。我自己的親生母親是王氏，住明瓦廊，呂家則住評事街富德巷）。」五歲喪母的記憶，是一種使他終身苦痛的印象：

> 一個夏天的深夜，在一間古老而陰沉的大屋內，煤油燈光下，躺着一個中年婦人，旁邊睡着一個五六歲的孩子。有誰將這沉睡的孩子從大床抱了出來，他醒了，睜開眼來，看見桌上有一堆的黃豆，有人正在用紅頭繩縛着這個婦人的腳。

這個小孩便是我，床上躺着的是我的母親。母親是染了當時流行的急症突然死去的，據姊姊後來告訴我，當晚晚飯過後，母親還背了我哄着我入睡，卻不料半夜得了急症，醫生還沒有請到就斷了氣了。桌上的黃豆是救急用的，腳上縛的紅頭繩是一種迷信，預防有什麼意外。

這陰鬱的記憶支配了我的童年生活，也影響了我的性格，更使我對於家鄉的印象染上了一層灰暗。在我的記憶中，家鄉是沒有春天的。

七七事變之後，葉靈鳳南下廣州，廣州淪陷後又定居香港，戰亂年代中一直與父老南北阻隔。戰後的一九四六年初，才得到一些家鄉的音訊。這年的二月四日，他接得友人君尚自南京的來信，「知在近數年中，繼母已在鎮江因無人照應去世，大哥嫂則流為小販。因近年每見街邊無家可歸的老弱，總幻想自己的家人也難免是這樣。今果然如此。」六月十五日大哥來信，「訴年來顛沛苦況，現暫時住在紫眉表弟處。中年手足，境況如此淒涼可慨也。」七月一日，「由上海銀行匯十萬元與大哥，另發一信」。半年之後的舊曆除夕，葉靈鳳似乎還沉浸在對家鄉親人的牽掛之中，這一天他未出門，只寫下這樣一句話：「故鄉今夜思千里，雙鬢明朝又一年。」

據說，葉靈鳳對繼母並不認同，他實際是由比他大七歲的大姐一手帶大，因而姊弟之間骨肉情深。大姐名葉華，年輕時參加過學生運動，多年之後葉靈鳳還跟自己的兒女誇他們的大姑媽那個時候是如何能幹。葉華的丈夫是周尚，據施蟄存回憶，他是國民黨上海「文化編制」大員潘公展的部下，因此葉靈鳳能從他那裏探聽到一點消息，因而曾被人懷疑是打入「左聯」的文化特務。但葉中敏曾經跟我說，她爸爸好像不太喜歡他這個姐夫，就因為他給腐敗的國民黨政府做事。可是晚年的周尚對於葉靈鳳倒是頗有知心之言。一九八六年他在民盟機關報《盟訊》發表過一篇〈憶藝術家葉靈鳳〉，引用白居易的「試玉要燒三日滿，辨材須待七年期」，來評價葉靈鳳的忠奸功過，他指出：「對表象相似的，不可盲目相信，忠奸、善惡、功過、是非、真偽，歷史終會作出判斷。」說這話他也有根據：「降書一到萬民舞，日本無條件投降了，中國駐港官員紛紛返港。香港中統負責人沈哲臣曾沒收靈鳳的印刷機和白報紙，不久查明靈鳳是心存北闕的愛國者，發還了他財物。」

周尚的文章還透露了不少葉靈鳳姐弟的行狀，譬如對於少年葉靈鳳外貌的描寫：「常見他穿了一件藍布長褂，頭髮長得像捻軍，雪嫩的鵝蛋臉，眉宇間透露英俊瀟脫，的確，『風流不在衣衫多』，他微帶口吃，不善辭令，見華姊時，開頭每說『無事不登三寶殿』，其勤其忙其窮可知。」再如對於靈鳳和大姐當年住處的回憶：「一九二八年《幻洲》被禁，改出《戈壁》，旋也被迫停刊。翌年二月七日，創造社被貼上封條，靈鳳被捕。保釋後，與華姊同住施高塔路興業坊。一九三七年，一場民族生死存亡的抗戰開始，姊弟兩家避難遷居亨利路亨利村。」施高塔路興業坊給葉靈鳳的印象很深，一直到退休那年，他還可以憑記憶畫出示意圖。這個地方離魯迅居住的大陸新邨不遠，所以葉靈鳳與魯迅還多少算個芳鄰。葉中敏曾跟我說，當年葉魯兩家並不來往，但兩家的保姆卻是有往還的。

周尚的文章還說：「一九三九年，『菡萏香消翠葉殘』時節，乃姊葉華因愛國故，在上海馬思南路五十八號家中被汪精衛派打手抓去，囚於殺人魔窟的『76』號。靈鳳聞訊，痛不欲生，由此，他的健康走了下坡路。」葉中敏在她父親去世後寫文說：「在他晚年有一件令他欣慰、興奮的事，就是我在前年和今年暑假回內地旅行的時候，在上海和北京探望了大姑媽、二姑媽和眾多的表兄表姐，知道他們都生活、工作得很好。我寫回來告訴爸爸見到大姑媽的信，他一直放在手邊；帶回來的照片，他每天都要拿放大鏡看一回。大姑媽特地給他做了他最愛吃的筍脯豆，他每天都一小把一小把的抓來吃。」

葉靈鳳本人也回內地見過大姊二姊。一九六五年國慶前夕他應邀去北京參加李宗仁歸來記者招待會期間，年已六十七、右目有障、右腿行動略有不便的大姊，特意從上海乘火車來京相見。葉靈鳳在駐地新僑飯店留他的大姊和兩個外甥葉周、周龍在餐廳午餐，還拍了一張照片。隔一天的晚上，又到新華社宿舍葉周處，見到他的愛人周敏儀，同往「烤肉宛」吃烤滷。葉周是新華社記者，曾於一九九七年在《中華讀書報》發表過〈葉靈鳳與香港〉一文，對他幼時所見到的滬港兩地葉靈鳳的書房多有描述。

趙克臻的小傳中沒有說葉靈鳳有弟弟，但葉中敏說，他爸爸有一個弟弟，是國民黨的空軍，一九四九年去了台灣，後來做了不小的官。根據葉靈鳳日記，一九四九年的十月八日，「蘊瑩弟自台灣來。仍在空軍服務。明日擬歸去。」料想此蘊瑩弟係繼母呂氏所生。

有三子五女。葉靈鳳與趙克臻育有三子五女，三子為中凱、中健、中輝，五女為中絢、中慧、中敏、中美、中嫻。其實還有一位女兒中明，本來排行次女，不幸在一九四七年的七月十九日以肺炎夭折，年六歲，得病僅二日，葬於跑馬地天主教墳場。葉靈鳳傷心至極，以至於日記為此中輟了將近兩年。在這些兒女當中，葉中敏可算子承父業，她自幼愛溜進父親的書房看書，一開始是偷偷摸摸，慢慢被父親發現了，不僅不批評，反而非常讚許，後來在羅孚介紹下進入《大公報》工作，一直做到了副總編輯和總主筆。她曾在京港兩地採訪多個重大歷史事件，七八十年代中共領導人接見香港左派新聞界代表團和香港愛國人士代表團，她都是成員之一。最小的女兒葉中嫻也擅寫作，以前在香港做過電影編劇，後來隨夫君旅居海外，出版過隨筆集《窺視中東》。長子中凱亦名大偉，他在任職香港貿發局期間，創設了香港書展，可以說是另一種方式的「子承父業」，可惜已於一九九二年因心臟病去世。他的二弟中健亦已亡故。長女中絢定居多倫多。中慧、中敏、中美居香港，中輝在澳門。葉家第三代男丁只有葉超駿一個獨苗，爺爺去世時，他只有九歲，當長輩們選了一些爺爺生前愛讀的書籍放進棺木時，他在一旁建議：「放一本《人民畫報》吧，爺爺喜歡從頭看到尾的。」

陳君葆日記中的葉靈鳳

一九七五年十一月二十五日，葉靈鳳先生的喪禮在香港殯儀館舉行，致送花圈及唁者甚眾，他的好友陳君葆特撰挽聯向他拜挽：

心眼果能通增邀野鶴呼靈雨
火花疑未斷應與寒丹住鳳凰

陳君葆，一八九八年十月七日出生於廣東省中山市三鄉鎮平嵐鄉，一九八三年六月二十五日壽終香港。一九三四年，受聘為香港大學馮平山圖書館主任兼文學院教席，與許地山為同事，對香港新文化及平民教育貢獻良多。日軍侵佔香港後，搜查香港大學，並封閉馮平山圖書館，陳君葆忍辱負重，茹苦含辛，誓與藏書共存亡，不但使館藏得以完璧，而且還廣搜校外書籍搬回保存，使得日軍要將其焚毀或賣掉的放言淪為空談。香港淪陷前夕，南京中央圖書館將一百一十一箱珍貴典籍寄存於馮平山圖書館，還沒來得及轉往海外即被日軍盜回本土，日軍投降後，陳君葆多方設法，將其尋回，避免了這批國寶級書籍流失異邦。

陳君葆素有寫日記的習慣，經年未斷，棄世方休，歷年積攢多達百冊。一九九九年，陳君葆的女婿謝榮滾與陳氏後人一道，將其中一九三三年至一九四九年間的日記整理注釋，交由商務印書館（香港）有限公司出版，我得到書訊，曾經託人從香港購回一套。香港浸會大學歷史系主任周佳榮博士將此書譽為「大時代的證言」，所評殊非妄言。陳氏身處動盪年代，結交多為一時豪傑，腕底春秋，毫端月露，堪稱風雲際會，其中尤以日佔時期香港生活實錄為最珍貴。而這一時期，他與葉靈鳳雙雙滯留孤島，顧影相憐，相濡以沫，因之關於葉靈鳳行狀的記載甚多，甚至遠遠多於葉靈鳳的夫子自道（葉靈鳳在淪陷時期亦有日記，曾披載於盧瑋鑾、鄭樹森主編的《淪陷時期香港文學作品選——葉靈鳳戴望舒合集》，但三四年時間總共只有十九則。我後來披閱過葉靈鳳全部日記的原件，證實總共只有這些。也許他從事的地下情報工作不允許他有更詳細的記事，也未可知）。

香港的淪陷是在一九四一年的十二月二十五日，史稱黑色聖誕節，此後香港就陷於水深火熱之中。二十八日那天，陳君葆記：「傍晚有兵入屋，家人均驚惶不已。阿霞幾乎罹厄，後來我和那二等兵説明她是女僕，同時他又發現我案頭的幾多佛學書，才叫那勤務兵把她釋了。雲湘膽子最小更為震恐，但我可有甚法安慰她。」虛驚一場，尚屬幸運，但不是所有的人家都能逃過一劫，劉智鵬、周家建所著《吞聲忍語：日治時期香港人的集體回憶》記載吳溢興的一段口述，可再現彼時令人髮指的情形於一斑：「日本兵進入我們的店舖時，幸好我家姐及時躲上了屋頂，但鄰居的婦女卻被他們強姦，她們的家人只能走出屋外哭泣，不願留在屋內，既無助又無奈。」此後的一九四二年，整整一年，陳君葆的日記也只記了十八天，印象最深的是九月十五日：「自月初以來則每覺鬱鬱不樂，在苦悶中成無題七絕六首。」其中第一首云：「休問書生為底狂，水寒消息斷人腸，小園賦罷花零落，總不逢君也自傷。」陳君葆説：「不是有閒情來作詩，結在胸裏的話是要衝口出的。」

到了真的「逢君」，也就是葉靈鳳出現在陳君葆日記時，已經到了一九四三年的年初。一月二十六日陳君葆記：「午後往訪靈鳳，望舒也在，大家均似感精神食糧缺乏而希望圖書館能早日開放。」陳君葆當時可能不知，那個月，葉靈鳳剛剛被秘密任命為中國國民黨港澳總支部香港黨務辦事處幹事。上一年的年中，則經調查統計室香港站工作人員蘇武介紹，已被發展為特別情報員。表面上的身份，卻是香港佔領地總督部臨時囑託。在這同時，他還擔任和日方有關的大同圖書印務局的編輯部長。戰後日本公佈的極密檔案以及「配合他工作」的香港「金王」胡漢輝晚年所作的口述表明，他就是把在這些職務上可瞭解到的一些情況，提供給國民黨的香港站。

一九四三年五月三日下午，陳君葆「遇靈鳳於車上」，一直到八月底，葉靈鳳才又重新出現，為什麼葉靈鳳突然消失了小半年？原來這期間他被日軍抓去坐牢了。話說葉靈鳳的情報工作營運了差不多一年之久，香港站的據點突被日軍憲兵發現，根據搜查出的名單抓捕了許多人，其中就包括葉靈鳳。家人講，他是端午節進去，中秋節出來，在香港高等法院的舊址，被關了三個多月。一九八八年六月二十四日，葉靈鳳夫人趙克臻曾經給羅孚寫過一封長信，詳述了葉靈鳳的坐牢和她設法營救的過程。大約在中秋的前一日，葉靈鳳獲得無罪釋放，但被勒令不能離開香港。「可惜其他四十多人，大都被判死罪，或病死獄中。」

這些內情葉靈鳳當然不便和陳君葆講，事實上他一直到死也沒跟任何人講。香港重光後的一九四六年五月三日，葉靈鳳曾在日記中寫道：「開始計劃寫《流在香港地下的血》，記所參加的秘密工作及當時殉難諸同志獄中生活及死事經過。在卅餘人之中，只有我是寫文章的，而我又幸而活着，所以我覺得我有這責任。」但他終於沒有寫出。興許是戰後在香港碰上了年輕時的戰友潘漢年，又從中共方面領得了新的任務，因而不便寫此類敏感文章，也不是沒有可能。因為香港淪陷之前和之後，潘漢年作為秘密戰線的負責人，都曾在香港活動，據葉靈鳳自己記載，一九四七年二月六日，他「在香港酒店遇見潘漢年」，並「約定明日偕夏衍乃超來家中小敘」。次日潘漢年他們一直在他家滯留到「晚飯後始行」。當然這都是後話。

葉靈鳳出獄後不久，陳君葆就遇見了他，這是一九四三年的八月三十一日：「從東亞研究所出來到大同去走一遭看看望舒，靈鳳已出來了，相見之下不勝感慨，他面色灰白似舉步不大健的樣子，屈指相隔已三個多月了。」可知這三個多月的牢獄之災給葉靈鳳肉體和精神所施予的雙重折磨。

十月間，陳君葆與葉靈鳳過從相當頻繁，而每次的相聚幾乎都與東亞研究所有關。據香港學者黃振威考證，東亞研究所全名為東亞研究所香港事務所，是東京神田區駿河台東亞研究所的分支，位於中環畢打街十八號，與葉靈鳳工作的大同圖書印務局近在咫尺。東亞研究所有幾位靈魂人物，主要是小川、小原、中込，都是日本來港的研究人員。根據陳君葆日記的記載，十月二日，「午與靈鳳往訪小川，因到京滬飯店午飯」。十月十七日，「晚葉靈鳳戴望舒假大華飯店請宴，到的東亞研究所的小川、小原和中込，同盟社的小椋。靈鳳的太太也於此次初認識，以前她大概不大出來活動也。小椋據說是廣東通，但普通所謂『通』也者只在飲食起居穿着女人方面講究耳，雖然這也是入手方法，並不應十分菲薄的。真正對學問有研究的仍以小原為首屈一指，堀內也頗有眼光」。這期間還從台北大學來了位島田教授，陳君葆於十月二十日記載：「午後二時半與島田教授於香港大酒店門口會齊同往南方出版社介紹渠和葉靈鳳、戴望舒認識，縱談歐洲文學至差不多四點才興辭出」。

陳君葆所用的這一個「興」字，也道出了葉靈鳳與他們交往時的感受。葉靈鳳主編的《華僑日報．文藝週刊》曾經向島田和另一位受聘來港的日本學者神田約稿，在〈編輯後記〉裏，葉靈鳳寫道：「連日以來，我們向兩位先生請教之餘，不僅在學問上獲益不少，同時兩先生態度謙沖誠摯，也使我們年來寂寞的心上感到一種溫暖。」葉靈鳳還在文中論述了中國與日本在文化方面的相互影響，並指出：「中日事變已相持了六七年，但無論在怎樣的情形下，中國文藝者從不曾在文化上將日本當作過敵人。」但陳君葆對於所謂的中日「文化交流」似乎語多揶揄，在一次歡迎神田、島田「兩位友邦文人」的酒店小集之後，他寫成絕句四首，其中第三首云：「浮海人來有盛名，千秋事業獨關情；如何文化交流日，鼙鼓猶聞戰伐聲？」而在一九四四年十月三日他和葉靈鳳都有參加的「應神田的茶會」之後，又寫道：「在茶會中，神田演說，顯然而非閒視其事了，隨後他又三番四次地分別徵求各人關於文化聯絡的具體的意見，誠如散席後觀偉所云，大有迫不及待的樣子，似乎他總要做些文章出來好交卷，這在許多人看來總露出辦事欠老到哩。照這樣看文化協會一類的組織一下子也弄不起來也。觀偉的見地，側重友誼的聯絡作基礎，我意也以為不能更有進於此者。靈鳳提出刊物的意見，卻又是本色話了。」

關於葉靈鳳、陳君葆與日本學者的交往，黃振威有句話倒是頗能說出個中三味：「葉、陳等雖與小原等各為其主，但在日夕相處之下，彼此也開展了真正的友誼。」但天底下沒有不散的宴席，淪陷後期，日本大勢已去，再無力維持香港的東研。一九四四年六月二十九日，陳君葆日記記載：「午後順路到東研去會小川們，因靈鳳也在那裏，他說因為聽見東研要結束，少不得到那裏去坐坐，人生聚散不常，小川們幾個還算談得來的，在目下情勢中總算難得之至，多敘會幾次也好，其實他們也十分可憐了，東京好幾個月沒有匯款來，據說小原要把蚊帳賣掉了。」這天，他們少不了要喝上兩杯，但場面實在寒酸。「小川拿出啤酒來，每人只分得一茶杯」，「香煙也抽盡了，大家往後要吸便不能不累望舒把他所餘的幾根也掏出來了」。值得一提的是，即使自己處於窮途末路，小川、小原也不忘一再幫助陳君葆：「昨晚小原遣李姑娘送三百両來，並附一封英文信，那使我十分感動。那三百両本來是華僑日報給那譯〈宮崎滔天〉一文的稿，隔了許多個月才發出來；但那譯稿的酬金早已由東研付了，而小川得此亦無甚用處，因轉而以移贈與我云。這又是知我貧而想出許多要幫忙我的一片苦心了。我雖然不能接受他們的好意，可是回想到自己在香港有許多故舊都不能接受他們的助力，倒是無緣無故地只憑一面思想文字之交便使他們異邦人士對我如此關懷，這倒使我中夜撫膺，愧恨無地自容也。國際的情勢，對此使我只感到痛苦，有時覺得無以自解，單純人類的交感作用使我感到本國人的素質劣，而民族前途仍然暗淡。」

陳君葆的貧，絕不是文人的為賦新詞強說愁。在淪陷時期的香港，物價飛漲，三餐不繼，特別是淪陷後期，更是「物價益複高漲，人心似更張惶」。「連日以來路上每發見餓斃的市民」，惹得陳君葆「不禁為之心酸一陣」。就連結婚的茶會也帶了戰時的風味了：「先由侍役來數一數各桌的人數，然後才每人派定西餅兩件茶一杯」。愛書的陳君葆「這一向都不曾到地攤去買書了，原因之一是袋裏沒有錢」。就連買片糖，也要等着葉靈鳳送稿費來。一九四四年五月三十日這天一早，「葉靈鳳遣女僕送了稿費二十円來，剛好這幾天正等着買些片糖來煲番薯糖水，雖然二十両只能買四斤糖左右」。但過了一年，片糖價格已漲得非常離譜，「次等的也要七十二両了」。陳君葆「寫了一封信給靈鳳說『平居無別嗜，僅喜糖茶咖啡，此與足下殊酸鹼，夙所知也，現姑擬以此定筆潤，每千方塊易片糖二斤或白糖一斤如何？』書去後下午他打電話來說『提出抗議已知道了，一切均容易』，我說『抗議則何敢，吃糖則因所願也』，相與一笑」。真正是苦中作樂，甘苦與共。

葉靈鳳自己兒女一群，生活也是大不易，「側身『大東亞共榮圈』之一環的香港，『六兩四』之餘，有時餓得難受，有時餓得幾乎不能安貧」，為了換米，只好在《大眾週報》

上經營〈書淫豔異錄〉和〈歡喜佛庵雜記〉這兩個「多豔異猥瑣之事」的性學書話欄目。陳子善說：「當香港淪陷，葉靈鳳留港擔任國民黨中央調查統計局香港站特別情報員，從事秘密的抗日地下工作。因此，不難理解，編輯《大眾週報》正是一種偽裝，一種掩護，續寫『書淫豔異錄』專欄也應該別有懷抱和寄託在。」這就有些過於鄭重其事。陳君葆日記曾載：「小川謂據靈鳳告訴他，香港辦報若不談女人那便沒有人看了。」可以推想，葉靈鳳之重作馮婦，一方面是舊癖難醫，另一方面不過是為稻粱謀而已。耐人尋味的是，這些文章雖屬「雜談男女飲食，乃至荒誕不經之事」的不登大雅之作，卻往往「出以乾淨筆墨」，甚而至於「文字清通優美」，儘管如此，作者卻似乎不願暴露真實身份，不只署以白門秋生和番僧的筆名，還在《小引》中故意營造編者力邀，盛情難卻的假象。反觀他寫的那幾篇禮贊「大東亞聖戰」的社論評論，卻堂而皇之地掛上了葉靈鳳的金字招牌，難道他不清楚這類「漢奸文學」性質上比「飲食男女」嚴重得多？要想追本探源，恐怕不能離開彼時彼地的歷史情境。趙克臻在寫給羅孚的信中，對當時的「高壓」態勢有過這樣一番回顧：「靈鳳在釋放後，仍主持『南方出版社』及《時事週報》，不久又惹上了另一次風波。在農曆新年的週報上，他寫了一篇小品文，題目是『誰說商女不知亡國恨』，內容是元旦日他路過石塘咀，見到那裏的導遊社等風月場所，居然掛上了國旗，很是感動。誰知此文刊出的第二天，中區憲兵分部『田村曹長』，帶隊來到我家，要將靈鳳帶回去問話，聲稱文中有煽動性及不友好的意念。」有人這樣為葉靈鳳辯解：「以葉靈鳳當時的處境而言，日本人要利用他的名望做『統戰』工作，不會讓你一直躲在『白門秋生』的假面具後混日子，總得不時以本名『表態』一番的。」葉靈鳳在一九四五年一月二十一日發表在《華僑日報．文藝週刊》的〈跌下來的果子〉一文中也曾說：「最痛苦的，同時也是最壞的，是自己所不想寫而又不得不寫的文章。」

不只是寫自己不想寫而又不得不寫的文章，葉靈鳳還參加過一些與日本佔領軍有關的文化活動，陳君葆就在日記中記述了葉靈鳳組織新聞學會的一些情形：一九四四年六月七日，「葉靈鳳打電話邀我到松原茶敘，並交香版的一篇文章〈關於．廣東續通志〉給我看。他並告訴我新聞記者協會成立已把我舉了作名譽顧問，而這又是拿來代替新聞班的機構云。我想這已是無可與辯的事也只好聽之而已，但究不知將來演變至若何形態。並且將來又具若何妙作用」。七月六日，陳君葆又記：「葉靈鳳組織新聞學會邀我作名譽會員，已設法推辭，今天他們開成立大會，靈鳳又寫信來約去參加，並說『總督也出席，而且有午餐』，我待不去，他打電話來說『座位是排好的，缺席恐不好看』，於是我只得去了，在一方面看，倒像哺餟也似的。」在這個成立大會上，總督磯谷、海軍司令大雄、總務長官計泊以及民治部長、憲兵隊長等都有出席。坊間還有個傳説，葉靈鳳「又是日軍報道部選派到東京出席『大東亞文學家會議』的兩名香港代表之一」，但葉靈鳳的夫人趙克臻在寫給羅孚的信中對此予以澄清，説葉靈鳳「從來不曾去過東京」。羅孚後來撰文也改變了説法，稱葉靈鳳「台灣，沒有去過；外國，更沒有去過」。關於這件事情，張泉發表在《新文學史料》的研究文章考證甚詳：「關於中國代表的人選，日方本期望周作人、俞平伯、張資平、陶晶孫、葉靈鳳、高明等名人能夠參加，但實際到會的都是一些不太知名的人物」，「日本利用權威人物提高『大東亞文學』號召力的設想，一開始就未能如願以償」。

歷史上不乏「奉命」做「漢奸」的人，例如袁殊。他二十歲加入共產黨，立即就被派去參加情報工作，一幹就是十四年，當到了汪偽國民黨中央宣傳部副部長，是個「奸」名遠播的響噹噹的「漢奸」。據羅孚在《北京十年續編》一書中透露，袁殊後來常對人説：當時好像我們是演戲，幕後指揮的是潘漢年、王子春，台上演戲的是我，只要戲演好了，羞辱是個人的，算不了什麼！葉靈鳳似也是「奉命」做「漢奸」，內心肯定有難以排解的羞辱感，那個時期，他密集研究史上被迫屈節出仕的人物，表達的可能正是自己隱隱作痛的心曲。他寫吳偉業：「吳梅村為明季詩壇一代宗匠，明亡後為時勢所逼，更事新朝，後世論者對他的批評雖不同於錢牧齋龔芝麓，頗加曲諒，但他自己則始終以任節自歉。」他寫鄭思肖：「鄭所南最著名的逸話，便是自宋亡以後，畫蘭露根不着土，自謂土地已為番人奪去。所謂『露根蘭』，便是他的獨創的畫風。」「他晚年棄家漫遊，耽信佛老，多寄寓寺院中，病亟自知不起，囑他的友人唐東嶼說：『思肖死矣，煩書一牌位，當云大宋不忠不孝鄭思肖』。自贊其像曰：『不忠可誅，不孝可斬，可懸此頭於洪洪荒荒之表，以為不忠不孝之榜樣。』」

葉靈鳳的悲哀還在於，他的心中一直有一個鬱結，他的衷曲卻一直難與人道。他的忘年交慕容羽軍曾說：「和葉靈鳳交往那段時間，什麼都談過，單是有關許多人聲討他戰時『落水』的過程，幾度想開口問個究竟，可是，總覺這問題不適宜由我這『晚輩』追問。有一次，曾經鼓起勇氣，趁着向他討教外國人以香港作題材的文學作品告一段落時，衝口而出說：『有一個問題想了很久……』說到此處，卻突然住嘴，忙改口說：『那是很幼稚的問題，算了，還是談別的吧！』葉老此時瞪着眼睛望着我，良久，說：『我知道你想問什麼，蘇武的故事你應熟知，他從塞外歸來，別人的目光不也對他投以異樣的冷漠！』」「記得他曾對我説過：你曾在抗日前線擔任過工作，那是正面的；有些人所做的是迂回的，效果應該是一樣，想來，他是在替那一回的談話作了注釋。」不說「別人」，即使是陳君葆這樣的知交，對葉靈鳳也不是沒有產生過須臾的懷疑。一九四五年八月二十三日，陳君葆在日記中寫道：「靈鳳的意志似見動搖了，他的《文藝週刊》時期的作風仍未能免。我真不明白，他留港的目的在發財呢，抑或在有所建樹？現在的結局不曉得當時他們曾否有着真正的信心；抑或純然投機主義？」說這話時，日皇剛剛發佈投降詔書沒有幾天。此後的一個時期，陳君葆忙於重光之後各種重建事務，但與葉靈鳳的酬酢並未減少，而且，他們的交情一直持續到終老。他們曾一同和文化界人士郊遊，一同到香港佛門堂考研摩崖石刻，當葉靈鳳的長女葉中絢新婚之時，陳君葆曾有一首〈賀葉靈鳳長女文絢小姐出閣之喜〉，詩云：「人似龍泉葉紹翁，斷無消息隔床東。曾聞招子聲華好，且喜盧劉族望通。」陳君葆還數次賦詩為靈鳳賀壽，在葉靈鳳去世前一年寫下的〈賀葉林豐六十九壽辰〉，更是對葉氏不平凡一生的蓋棺論定：「一生歲月幾知非，笑疾誰從問陸機。六十九年遽伯玉，聖人門戶見馬稀。」

葉靈鳳的日記簿

那日在三聯書店結完賬，餘光一掃，看見一冊紅色封面的美術日記，猜想會是汪家明的創意，打開來果然有他的序文。按汪社長的說法，人美在五十年代連續幾年都要推出美術日記，很火了一陣，最多時能印到二十萬本。第一本由設計大家兼詩人曹辛之編輯，所選的美術作品，並無一定體例，差不多屬於見好就收，也難怪受歡迎。只不過隨着自然災害來臨，這種奢侈品也就從此絕了跡，當年那些本子自然成了收藏界的珍品。這讓我想起葉靈鳳先生，他在香港也幫人編過一種《天天日記》，那還是一九五九年的事情。上次在香港三聯侯明總編的辦公室，她讓編輯張小姐捧出一摞葉靈鳳先生的日記本，說是葉先生的女兒葉中敏找出來的，正在委託小思老師整理出版。在大小樣式不一的各種本子當中，我一眼就看中了這本《天天日記》，從設計到選圖，真的是美不勝收，其中葉先生選的那些木刻，當然更是親切。葉先生在本子開篇所寫的一九七〇年日記題記中說，這一個皮面的本子，連同五百大洋，是給他選畫的酬勞，一直空了十幾年未用。現在看來有點可惜，就用作了今年的日記冊子。他還寫道，日記的主編人之一薛先生，已經在一九六九年中秋節次日因夫妻口角自縊而死，這也是他當年編這部日記時再也料不到的吧？我快速把一九七〇年全年的日記翻了一遍，一個活生生的葉靈鳳先生頓時躍然紙上。

一九七〇年，內地的「文革」風暴已經過了高潮，香港這邊也隨之安靜了許多，就像葉靈鳳所記載的元旦那天的天氣一樣，「天晴和暖，有微風」。這一年，葉靈鳳虛歲六十六歲，但卻過早地迎來「老之將至」。最令他不堪的是眼疾，因為深度白內障，「眼前簡直是一片模糊」。子女陪他去看眼的記載成為常態，但效果並不理想，「視力似愈來愈差，影響精神」，「目力不好，工作起來很吃力」，為此不僅「許久未曾開卷」，甚至連在《成報》連載的小說也不得不中止了。他還患有糖尿病，醫生說還有高血壓現象，「各人皆勸我盡量休息」，「報館同事不知怎樣也知道了我的病況，都勸我休息」。許多年如一日，葉靈鳳都是要在晚間去報館發稿，但現在不得不做出調整了。三月九日這天他終於做出決定：「以蘇醫生的告假信，託周鼎轉給《星島》當局，我擬目前暫作非正式的休假，在家編稿，着人送去，每隔數日去一次。」日常的一些應酬也能推就推了，例如「今晚曹聚仁本有松竹樓聚餐之約，只好辭謝了」，另一天，「《快報》招宴也辭了未去」。日常朋友間餐敘的主要是幾個固定的飯搭子：黃蒙田、羅孚、嚴慶澍、源克平。但在六月四日這天，他卻張羅了一場規模較大的飯局，日記裏也能透露出他少有的歡愉：

今晚八時，在紅寶石餐廳招待朋友吃自助餐，共三十多人，很高興熱鬧。這算是我的生日的聚會，今年他們大家約定送了許多禮。到十時才散。

儘管身體時好時壞，壞的時候居多，但葉靈鳳仍然十分勤勉，他晚年最重要的幾部著作——《香港方物志》、《晚晴雜記》、《張保仔的傳說和真相》，都是在這一年整理完成，交付出版。他還開始寫另一系列《香港書錄》，還寫譯了另外一些連載文章。這固然是文人的習慣、朋友的文債，但更多的可能還是為了稻粱謀——他只有像機器一樣不停地寫作，才能勉強養活一大家子人。產出的減少使他的日子更見拮据，這一年甚至發生了一起賣畫換錢的事件。那是在十月二十五日，女兒中慧突然拋出了一個難題：「中慧

葉靈鳳抱着女兒中美、中嫻與一幅齊白石畫作合影

今天忽表示要與男友林君結婚，謂自己早將手續辦好，已在婚姻註冊署註冊，一切從簡，婚期已定在下月七日。問其為何如此匆促，使家中措手不及。則謂各項早已決定，並不需要家中花多少錢，無推遲日期之意。」第二天葉靈鳳猶在發愁：「近日經濟甚窘迫。中慧忽然要結婚。多少必須花一點錢。甚為狼狽，因一時無從籌措也。」一籌莫展之中，只有一個辦法——賣畫。葉靈鳳一生喜愛美術，認識的畫家朋友亦很多，但他並沒有什麼家底。就像羅孚曾經說過的：「葉靈鳳藏書雖多，藏畫冊雖多，藏畫卻很少。使他說起來就顯得面有得色的，不過是漢武梁祠畫像的拓片，和畢卡索、馬蒂斯作品精美的印張而

已。」曾見過一張他抱着女兒中美、中嫻與一幅齊白石畫作的合影，這大概就是他為數不多的鎮宅之寶了。最後，以齊白石畫兩幅，再加上其他幾件印譜和端硯之類，送交他的朋友黃茅處，託集古齋出讓，也只換來港幣三千元救急。

轉眼又到了歲末，「早起讀報，忽見朱省齋兄訃告，已在昨晨去世。老朋友又少了一個，可慨也。」這一年的倒數第三天，他讓女兒中絢陪往實用書店，付清書賬三百餘元，「並囑將所訂各種雜誌停止」。他說：「這該是一生之中的大事之一，因這些雜誌已續看了幾十年未輟，可是現在目力不濟，無法翻閱，只好毅然停止了。」接下來的一九七二年，除了記述十月二十三日施行白內障手術的題記，全年空白，只在這年的最後一天留下一句話：「略備菜餚，與克臻及兒女輩在家中度此除夕，同在窗前聽午夜汽笛聲。」

輯二

香江紙貴出書難

香江紙貴出書難

葉靈鳳一九三八年到香港，一直到一九七五年去世，一住就住了三十七年。在這三十七年當中，他始終沒有停止寫作，在各種報刊發表了海量文字，生前也有部分結集出版，但到底出過幾本，都有哪些？卻是一本糊塗賬。不少文章在論列葉靈鳳書目時往往殘缺不全，有的甚至還有不少錯訛。舉例來説，李偉在《民國春秋》一九九六年第三期發表的〈小記葉靈鳳〉稱：「晚年在香港期間，所寫大抵都是隨筆、小品類，有讀書隨筆、香港掌故和風物、抒情小品，成書的有：《讀書隨筆》、《文藝隨筆》、《北窗讀書錄》、《香港方物志》、《香港舊事》、《張保仔的傳說和真相》、《晚晴雜記》、《霜紅室隨筆》、《白葉雜記》和《忘憂草》等。」其中，《香港舊事》應為《香江舊事》，《霜紅室隨筆》生前並未出版，《白葉雜記》更是上海時期的少作，《讀書隨筆》雖然出版於到了香港之後，但卻是在上海出版，所收文字也是來港之前的居多。「中國作家網」之「現代作家詞典」，在葉靈鳳條下亦有「著作書目」，不僅邏輯混亂，有些錯誤還頗低級，例如，將「張保仔」誤作「張保子」，將「晚晴雜記」誤作「晚情雜記」，將「香江舊事」誤作「香港舊事」，甚至還將《新雨集》這樣的多人合集也混為一談。即便是比較權威的文獻，例如，香港學人陳智德編的《香港當代作家作品選集．葉靈鳳卷》，卷末的《葉靈鳳著作書目》也有遺珠之憾。

為什麼會出現這麼多的錯訛？根源就在於以訛傳訛。為什麼會出現以訛傳訛？根源就在於一書難尋。為什麼會出現一書難尋？根源就在於既有年代久遠，又有山水相隔。八十年代以前，內地恐怕沒有多少人知道葉靈鳳。我雖是中文系出身，但讀大學的時候也只在《中國新文學大系》裏讀過他的一篇小說。隨着三聯書店推出三卷本《讀書隨筆》，我們才知道了一些他在香港出版的書的名字，但要得窺原貌，卻不是一件容易的事，因為那時香港尚未回歸，一般人少有能去香港的機會。我是一九九三年利用在紐約訪學一年的機會，在唐人街舊書肆淘到幾本，當中有《文藝隨筆》、《香港方物志》，以及口袋本的香港史地三書，得書之後那種興奮勁兒，不是網絡發達的今天所能想像得到的。

後來有機會到香港，本以為能把葉氏著述一網打盡，誰知卻是竹籃子打水一場空。

我曾出版過《香港尋書》和《香港書店鱗爪》，記錄了我在香港走街串巷淘舊書的經歷，有趣的是，葉靈鳳的舊作竟然無一記錄。神州書店老闆歐陽文利直言：「你來晚了，那些書早都成文物了！」也確實，蘇賡哲新亞書店拍賣會上倒是出現過葉靈鳳，我雖說見到了海報，也沒敢去看預展，因為知道那種天價不是我的「菜」。本地人還講，香港市場小，書籍印數少。人都沒有住的地方，哪敢給書勻一片空間。曾經聽到一則「封面大王」的故事，說的是本港藏書大家方寬烈，苦於沒地兒儲存，只好把藏書的「瓤兒」都扔掉，只留下一堆花花綠綠的封皮兒。又在鄭明仁《香港文壇回味錄》中讀到「藏書家十三車藏書當垃圾」的悲慘傳說，「十三車書裏暗藏珍品，有買家幸運地從書堆撿到一件虛谷的扇面，單是這幅扇面，已抵得上整車書的售價」！

以上說的是收藏難，至於出書難，更讓人不住感歎。葉靈鳳早在一九四七年二月二十二日的日記中就說過：「本擬出版一些小冊子，國幣如此跌價，內地購買力受影響，怕不容易做了。」這還是戰時的情形，和平之後也無改觀。僅一九五一年一年，就有許多計劃不幸擱淺。例如，一月三日日記說：「寫《香海拾零》續稿。暹羅有一讀者寫信來問是否有單行本。問此類問題者甚多。但目前紙價很貴，出版頗難夠本。今日新聞紙每令市價已五十一元。早半年僅二十餘元而已。」六月十三日日記說：「整理前以『秋生』筆名寫的雜稿，因有人要出一單行本，名《歡喜佛盦雜談》。檢出七萬字剪貼校改錯字。」他甚至還「寫一小序」，並已「交給出版人」，但後來並不見有下文。九月五日日記說：「整理剪存已發表的文稿，決定將若干篇關於藏書家的譯文編成一集，以應李輝英之約，書名擬《愛書家的散步》或《愛書家的假日》」。但也成了空頭支票。這一年，他又「整理年來所寫《香海拾零》剪稿，略加補充校改」，認為「似可編成三種：一、《香港史地論叢》收較完整較長的單篇，有關本地史地者。二、《香海拾零》收零碎的有關香港掌故的短篇。第三種為《草木蟲魚》。有關香港自然史地者，擬名為《香港自然史講話》。」但他生前只完成了第三個心願。挫折遇多了，便有了一番感慨，《〈南星集〉及其他》一文說：「在香港這地方要出版一本書，有點不容易，尤其是文藝書。出版家接納了一本書，總好像要表示是一種犧牲，不是為了圖利，『使得有興趣寫一點正經文藝作品的人也感到自怯，不好意思向出版家開口，怕出版了會使他賠本。』」

李輝英在《三言兩語》的〈後記〉中，也有一段關於「香港紙貴」的吐槽，這也間接地解釋了他約葉靈鳳出書，為什麼成了空頭支票：

適逢世界性的經濟衰退，到處氾濫，引致百業消殺，生意難做，不但新聞紙張，出現了缺貨的現象，就是其他行業，也都隨着水漲船高，多做多賠，少做少賠。例如，兩家兼做出版生意的商號，由於「香港紙貴」的關係，有的束手無策，有的索性關了大門，另作他圖了，你如果跟他商談出版的業務，他不睜起了大大的雙眼，狠狠的責斥你神經病才怪。

掌故大家高伯雨與葉靈鳳生活在同時期的香港，他的遭際，也佐證了葉靈鳳所言並非聳人聽聞。這位聽雨樓主人自述：「我在香港賣文為生，凡五十二年之久，寫下了雜文約一千萬字。」但也只在早期出版過三本以《聽雨樓》為名的書，「後來《聽雨樓》三次遇到災難，嚇到我魂不附體，所以近十年不敢以《聽雨樓隨筆》之名出書了。」三次災難都是故事，有稿子丟失，有店家停業，有無疾而終，這裏不再詳述了，要說的是在他耄耋之年終於如願出版的一本書，還是靠他的子女暗中資助才告完成。出書如此不易，是高伯雨的書不好讀嗎？恰恰相反。在掌故家瞿兑之眼裏，「掌故專家以隨筆擅長的，一南一北，有兩位」，一位是徐一士，另一位就是高伯雨。他並且說：

葉靈鳳與陳君葆、高伯雨

高先生畢竟年紀輕些，他已經吸收了徐先生的優點，再加上蓬勃充裕的精力，自然更能適應這個時代，所以對他的期望特別殷切。他的每一部新著都必定是讀者所熱烈歡迎的。首先，我們喜歡他那種輕快的筆調，妙緒環生而並不是胡扯，談言微中而並不涉輕薄。真是讀之唯恐其易盡，恨不得一部接一部迅速問世，才能滿足我們的貪欲。

葉靈鳳與高伯雨志趣相近，難免時相過從，牛津香港版《圖說聽雨樓隨筆》文史編的封面，就是他們兩個和陳君葆一起到離島出遊的舊照。葉靈鳳在〈讀・三岡識略〉中曾道：

「前些時候，我曾說過，不曾讀過董含的《三岡識略》，並且久覓此書不得。伯雨先生見了，說他有《說鈴》叢書本，願借給我一讀。……我當然很高興，日昨將書借了來，亟亟在燈下展卷快讀。」投桃報李，葉靈鳳當然也會借書給伯雨。葉靈鳳一九六八年五月十五日日記就說：「高貞白摘譯《紫禁城的黃昏》出版，見贈一冊，原本英文是我借給他的。」高伯雨編文史掌故雜誌《大華》時，還向葉氏約稿，這事也見於葉靈鳳日記，事在一九七〇年十二月十五日，「五時應高貞白之邀到美蘭餐室喝茶，以剪紙交他。承他以《花隨人聖盦補編》見贈，又補足所缺《大華》二期。」

羅孚先生為三聯選編《讀書隨筆》三卷，堪稱功莫大焉。一方面使得葉靈鳳已出版的幾本港版書為內地讀者所知，另一方面也將一些散篇零簡首次集結成書。但也存在不少遺憾。一是受限於「讀書」的話題，收入的成書不全，已收入的也有不少篇目的刪減；二是首次結集的散篇零簡也只是掛一漏萬，譬如，僅是為《新晚報》寫的《霜紅室隨筆》專欄，就還有大量的篇什沒有入選。而葉靈鳳長期經營的專欄連載，又豈止一個《霜紅室隨筆》？譬如，為《快報》副刊寫的《炎荒豔乘》亦很出名，但據盧瑋鑾先生講，如今就連香港各大圖書館都惜無館藏了。還有一個《紅毛聊齋》，是為《成報》寫的連載，內容是譯述一千零一夜故事，一口氣連載了十多年。我花高價買來幾張老《成報》，只是為了一見廬山真面目，過下癮而已，誰知一讀便放不下，徒增了許多相思。這些當然都是不能及時成書所帶來的遺憾。

值得指出的是，在香港，出書難也不能一概而論，還是有例外的，譬如葉靈鳳《星島日報》的同事易君左，出起書來似乎就很容易，他在《海角天涯十八年》一書中說：「想不到住在香港十八年，各出版社各書局出版我的著作竟達三十餘種之多。」何以如此呢？此君也絲毫不加避諱，直言是受了自由出版社的「美援」。

易君左還承認：「另外一個比自由出版社產生較遲一點而一樣擁有相當雄厚的『美援』的自由文化機構是『亞洲出版社』。」「亞洲出版社約我先後寫了一共五本專書。」關於亞洲出版社，香港作家許定銘曾說：「『亞洲出版社』出版的範圍很廣，但對文藝似乎很注重。尤其那批從國內流亡出來的落魄文人，似特別受到照顧。」他還開列了一條亞洲出版社的書目，作者方面除了易君左，還有趙滋蕃、沙千夢、謝冰瑩、南宮博、齊桓、黃思騁、盛成、董千里……

當時香港管這種「美援」叫作「綠背」文化。所謂「綠背」，就是美鈔。「綠背」不僅拉攏寫書的人，也拉攏書店和出版機構，例如，久負盛名的大公書局就因見錢眼開接受「綠背」而斷送了自己的前途。香港掌故家羅隼對此有過記述：

五十年代後期，香港文化界出現反共陣線，以「自由」為旗號可以拿到一些美元津貼，大公書局就印行一些反共的文學作品，爭取津貼，自此以後，他的旗幟鮮明，也許拿到一些美元，卻嚇走了一部分原來的讀者。……大公書局因此課本的生意受到了影響，有些好的夥計離開的離開，搞的貨色不全，人家買這缺那，而領得的津貼，杯水車薪，也難以維持開銷，終於要結束營業。

有趣的是，大公書局也來約過易君左的稿，因此易君左也見證了大公書局被債權人索債的尷尬場景。他說：

在《祖國江山戀》出版後，香港大公書局老闆徐少眉先生一定要我替他們寫幾本書，於是先後完成了四本。……後來大公書局關門，債權人組織索債團向徐少眉迫追，因為我有相當多而未付的版稅，也邀我參加，我毅然拒絕了，而且勸他們不必這樣「落井下石」，書局倒閉是萬不得已，徐老闆又是一個標準好人，何必如此反面無情？索債團受了我的感動，才無形渙散。我在香港總算做了一件合乎道義的事。

正所謂吃了人家的嘴短，受人津貼，縱使是打着「自由」的旗號，可是哪能有「自由」可言？葉靈鳳雖然很想出書，卻從不想為了出幾本書而失去「自由」。不僅不這樣做，他還曾破例寫打油詩對此予以抨擊。一九五一年九月，有一位叫作范基平的，化名上官大夫主編《四海》畫報，背後資助者即為美國新聞處。葉靈鳳特意寫了一組打油詩〈月兒彎彎照九州〉，以「霜𥪰」筆名發表在一九五一年九月十五日《星島日報．星座》。其中之六為：「月兒彎彎照九州，幾家歡樂幾家愁，山姆大叔搞出版，有人彈冠似沐猴。」正是由於對葉靈鳳先生寧願少出幾本書，也不突破「文章防線」的做法至為欽佩，我愈發孜孜矻矻地搜求他那不多的一些港版書。不幸的是，過去是見到了沒錢買，現在則是即使有錢也買不到，所以歷年所積，雖說大有可觀，也還有漏網之魚。不過即使面對這不算完整的收藏，也足以滿心歡喜了。

忘不掉的《忘憂草》

《忘憂草》是葉靈鳳在香港出版的第一本小品隨筆集，香港西南圖書印刷公司一九四〇年十一月印行。封面上方是一幀富於裝飾趣味的草木小品，下方是手寫的書名，扉頁有副題「散文隨筆集」字樣。葉靈鳳的忘年交黃俊東曾說：「葉氏初來港時，喜歡寫小品散文，刊有《忘憂草》一書。」嚴格講，《忘憂草》雖則是「初來港時」出版，但內容並非全是作於「初來港時」。他在書末的《後記》裏說：「一九三八年三月間，我離開上海隻身到了廣州，在廣州住了近八個月，在她失陷前幾天，才來到香港。」「這集子裏的前幾篇散文，是在廣州寫的，以後的七八篇，則是初來香港時，對於這個失陷了的我心愛的城市的追憶。」一九六九年冬季，另一位香港藏書家翁靈文在舊書舖中買到一本《忘憂草》，扉頁上題有這樣幾個字：「贈夏衍兄，紀念在廣州的一段生活，靈鳳。卅年五月一日。」翁靈文在〈懷思葉靈鳳先生〉一文中說：「得此書後，本想仍然歸還葉靈鳳先生，在通電話時提及，他也頗感到意外。繼說：『這本書我處有着二本，還是你留下吧，送書者和受書人你都熟稔，總算有點紀念性。』」由葉靈鳳的贈言，可以再一次印證這本書的內容，以及出版這書的用意，都更是為了紀念已經落入日寇魔爪的廣州。廣州是葉靈鳳由上海南來香港定居的過渡，他在廣州「住了近八個月」，是參與《救亡日報》的復刊，夏衍正是《救亡日報》的總編輯。那一時期，葉靈鳳的家人已來香港，葉靈鳳人在廣州，家在香港，週末有時去香港看家人。最後的一次，也就是廣州淪陷前的幾天，去了香港就再也回不了廣州，因為日軍跑在他前面進了五羊城。從此，他就在香港長住下來，度過了整個下半生。

從篇目來看，寫於廣州的部分，很有些花木小品的性質，譬如《散尾葵》、《相思鳥》、《鳳凰木》、《文竹》、《水橫枝》、《雙鷓鴣》、《忘憂草》……但它們顯然不是一般的吟風弄草之作，而是以「草木寄情」，寄的是家園之失的「憤慨和沉痛」。在他的筆下，花木蟲鳥總是與警報、彈片或者廢墟共存，充滿「感時花濺淚，恨別鳥驚心」的況味。例如，那篇《相思鳥》，寫的是「宿舍騎樓上有一隻不知被誰抛棄在那裏的空鳥籠，茶黃色竹絲制的，市上所慣見的豢養相思鳥的鳥籠」。有一天下午，「正是轟炸後的第四天」，他們正在討論問題，「突然，窗外嗤的一聲，騎樓上飛來了一隻相思鳥，很熟悉的停在那一隻空鳥籠上」。飛走飛來幾個回合，那隻相思鳥沒有了開始時的驚嚇和躊躇，「很自在的從開着的籠門鑽了進去」，「貪婪的啄着缸裏的荔枝」。目睹着眼前這「餓透了」的可憐的相思鳥，他們「恍然於眼前這一幕」：「房屋炸成了平地，主人也許不幸殉了他的家園，但這小小的相思鳥，卻神跡似的成了漏網之魚。」文章的結尾更是點題之筆：「一想到和這相思鳥一樣，流散在祖國地面上無數的失去了家鄉的人，圍着籠子，大家不覺一時都沉默了起來。」

《忘憂草》這篇，則是對失落在廣州的他那幾本心愛的小書的追懷。看看書名，你就知道都是愛書人的心頭之愛：《獵書家的假日》、《英國的禁書》、《書與鬥爭》、《藏書快語》、《藏書這玩意》、《書志學講義》和《紙魚繁昌記》。尤其是《紙魚繁昌記》，對於葉靈鳳更是別有意義。他在文中這樣交代：

> 這是日本研究西洋文學和版本的先輩內田魯庵的隨筆集，由《書物展望》的編者齋藤昌三編印的。齋藤昌三是日本的藏書票專家，一九三三年前後，我因為搜集藏書票和有關的文獻，與日本許多的藏書票收集者開始了通信和交換。大約因為內田魯庵的這部《紙魚繁昌記》有不少藏書票的插圖和有關的文

字吧，齋藤昌三氏便將這本書和他自己著的《藏書票之話》各寄贈了一本給我。為了這事，我買了吾家葉德輝的《書林清話》和《書林餘話》回贈他。

《藏書票之話》對於葉靈鳳，乃至對於整個中國藏書票愛好者都有着不可估量的影響，因為葉靈鳳參考該書撰寫的《藏書票之話》，被認為「是中國第一篇，也是在以後相當長時期內較為權威的一篇探討藏書票歷史和藝術特色的文章」。陳子善曾說：「初版或限定版的齋藤昌三書話著作早已成了日本愛書人競相搜藏的珍籍，《藏書票之話》無論是初版還是再版本，都是可遇而不可求的。」幸運的是我撿漏了一冊初版本。《紙魚繁昌記》我也買來了，是昭和七年（一九三二年）的初版本，而且是五百部限定版。褐色粗麻布封面，外帶函套。卷首有魯庵的藏書票、照片和六方印鑒。用紙印刷亦極精良，實在是書物極品。愛不釋手之際，更加理解葉靈鳳的「煮鶴焚琴之歎」。其實，葉靈鳳失去的豈止這七本書？上海淪陷，他的萬卷藏書不能帶走，最終全部失散。隨身帶到廣州的這幾本「談論書物版本聚散變遷」的「戰時的奢侈品」，也因廣州的淪陷，「永遠不能和我見面了」。這組文章，一方面，開啟了他此後善寫的讀書隨筆的先河；另一方面，也更沉鬱的，是書外的情愫：「我忘記不掉這幾本書，正像忘記不掉使我安居了八個月的那一片可愛的肥沃的土地一樣。」每一個愛書家幾乎都是視書為生命的，葉靈鳳同樣對失掉的心愛的書「不能忘去」，但他之所以記下這一筆，又意在「忘記了罷，像忘記一朵開過的花」。血債總要清償，「如果清償的取得還需要更多的日子和更多的犧牲，我也毫不吝嗇那倖存着的另一部分貧弱的收藏。」

如果說，《忘憂草》的前半部分還有一些抒情的成分，寫於香港的後半部分則更像直白的政論雜文，其中的主線不外是「一面加緊團結，擁護抗戰。一面加緊用我們的筆，暴露漢奸的陰謀，尤其是文化漢奸的『文化陰謀』」。那個時期，香港曾經爆發一場「抗戰與和平」的論戰，肇起於《南華日報》對於「和平運動」與「和平文藝」的宣傳。《南華日報》由汪精衛的親信林柏生在香港創辦，為配合汪精衛主張的「和平運動」，《南華日報》透過副刊《一周文藝》和《半周文藝》極力鼓吹「和平文藝」，其中一位叫作「娜馬」的更成為馬前卒。娜馬等人的「和平反共」、反對抗戰的主張引來抗戰文藝陣營很大的反彈，據陳智德說，反擊文章的作者就包括葉靈鳳，矛頭直指娜馬。娜馬自己說，葉靈鳳的《忘憂草》收進了三篇罵他的文章，並且在他的「娜馬」的名字之後說：「我疑心它是不是姓『丟』」。娜馬自然覺着很受侮辱，於是在《南華日報．半周文藝》發表了一篇回擊文章，標題也叫《忘憂草》，文章的核心內容只是嘟嘟囔囔怨葉靈鳳不同時附上他的原文，其餘一無可觀，只是開頭部分描寫買《忘憂草》的一段倒是非常有趣：

忘憂草，是葉靈鳳先生的一本傑作，也許是他繼雙鳳樓隨筆後的又一傑作吧！這本書，出版了已經好幾個月，因為是「每本定價港幣六角」，乃使購買力相當薄弱的我無從拜讀了。

昨天，在摩囉街的舊書攤裏見了十多本，姑且就近去一問價：索價六個銅子，我還三個，就成交了！（不敬之極，順在這裏向葉先生深致歉意。）

這個手法，非常的小兒科，葉先生看了，想必會呵呵一笑。娜馬究竟是誰，我非常好奇，可惜幾十年過去始終無人認帳。香港的文學史家也為這一謎團所困擾，鄭樹森、盧瑋鑾在一篇關於淪陷時期香港文學及資料的對談中，曾經拼湊出一些有關娜馬的消息。鄭樹森說：「剛才提到的娜馬，不知何許人，今天似乎很難考據他的真實身份，我們從舊詩詞的酬唱活動以及其他資料，可以歸納幾點。首先他是廣東人，是廣東的國民黨，後來成為汪派的國民黨，來往粵港之間，相當熟悉廣州情況，他也有一些遊記作品，可見他對其他華南地區不陌生。香港淪陷前，他已經在香港活動，曾經因汪派『和平文藝』問題和『新風花雪月文學』跟葉靈鳳筆戰。葉靈鳳在論戰中還激動得以『娜馬』諧音的髒話斥罵，又認為娜馬背後是一小撮人，可能有五六位。香港淪陷後，『新風花雪月』實際上已被『諧部』取代，『和平文藝』不能再講，被日人要求的『大東亞文學』取代，娜馬便是個搖旗吶喊的人物。和平後看不到他有什麼活動，或者他已經改頭換面，以其他身份出現。」盧瑋鑾說：「他接着去了廣州，還說要去北方，不再回來。」鄭樹森說：「他說的北方應該是指南京，但他在南京當上什麼位置？不清楚。」

陳智德在《板蕩時代的抒情：抗戰時期的香港與文學》一書裏說，日佔時期，娜馬似乎仍然滯留香港，繼續在《南華日報》副刊寫文章，「一九四四年間發表了多篇文壇掌故，記述戰前的『廣東文學會』，具文學史料價值」。這些文章我找來看了，幾乎都是些罵罵咧咧的東西。例如，他在〈記廣東文學會〉中說：「當下我即和祝教授鬧翻了，他罵我匪徒，我罵他烏龜，我與廣東文學會的關係就從此一罵而止。」可見娜馬一直就是個很具攻擊性的粗人。有意思的是，一直到淪陷時期，他仍舊對挨葉靈鳳的罵耿耿於懷，在〈今之第三種人〉中，他寫道：「又記得是在和平文藝運動在香港發動的時候，第三種人也出來趁熱鬧，幫架子，與正統的『抗戰文藝者』們，攜手起來，鬧了一個滑稽的挑戰。那時文壇上盛行一種風氣，就是所謂『丟那媽』笑話運動，據説這是魯迅打狗精神之復活！第三種人之勇敢，餘亦為之甘拜下風。」

亂世紛紜，往事如煙。如今我所豔羡的，只是娜馬能夠有機會在舊書攤一下子碰上十多本《忘憂草》。撇去當年的是是非非不談，他這篇文章本身，也算較早記錄香港舊書市場的文獻之一了。藏書家鄭明仁在《香港文壇回味錄》中曾説：「香港舊書店的發源地應該是從中上環一帶開始，這跟香港開埠的歷史軌跡有關。以前中環半山區大宅大掃除，很多舊書便給收買佬賣到舊書店和舊書攤。早年上環摩囉街便有賣舊書的店舖和書攤，很容易便可撿到民國時期名人題簽的舊書。」剛從廣州來香港那幾年，摩囉街也常常留下葉靈鳳的身影，他的日記中也有零星記載。傳説他那部鎮宅之寶《新安縣誌》，就是在摩囉街淘來。離摩囉街不遠，荷李活道一帶也曾遍佈大大小小的舊書店舊書攤，葉靈鳳在香港淪陷時期幾乎每天都來光顧，在〈都市的憂鬱〉等篇章中也曾記下片段風情。可惜天不假年，否則，他興許也會寫出一本趣味盎然的香港舊書店回憶。

柯勒惠支情結

葉靈鳳最初在香港印行的單行本，不是自己的作品，而是為兩位外國畫家編輯的畫冊，一是《凱綏．柯勒惠支畫冊》，一是《哥耶畫冊》。兩本畫冊都是由新藝社出版，據畫家王琦回憶，葉靈鳳「原來就是當年『新藝社』的主持人」。

畫家哥耶（Goya，今譯戈雅）暫且略過不表，單說柯勒惠支（Kathe Kollwitz），就讓人產生一些疑惑：為什麼葉靈鳳不長記性，一再與魯迅撞車呢？因為大家（包括葉靈鳳本人）都很清楚——魯迅對這位德國女畫家情有獨鍾，更是將她介紹到中國的第一人，不僅收藏過她的不少版畫原作，還在一九三六年五月以三閒書屋名義自費出版了《凱綏．柯勒惠支版畫選集》，這是中國出版的第一本柯勒惠支畫集，也是魯迅生前出版的最後一本書。「印造此書，自去年至今年，自病前到病後，手自經營，才得成就」，說完這段話三個月，魯迅與世長辭。

考察葉靈鳳心跡，首先還是對柯勒惠支真心喜歡；或者說，葉靈鳳有一個柯勒惠支情結。在〈氣氛不同的書店〉一文中，葉靈鳳這樣說：

> 從前上海也有一家這樣的書店，起初開在北四川路橋郵政總局附近，面對蘇州河，後來又搬到靜安寺路，是一位德國老太太開的，我已經記不起這家書店的名稱了，它是當時上海唯一專門出售進步外文書籍的書店。……這家德國老太太開的書店給我印象很深。因為正是在那小小的櫥窗裏，我第一次見到柯勒惠支的版畫原作。

在《序柯勒惠支畫冊》中，葉靈鳳再一次提起這家德國書店，這次說的是，這家書店「有一次舉行了一個小規模的版畫展覽會，都是原作者手拓簽名的作品」，葉靈鳳「記不起陳列的是哪一些人的，但現在想起來，最多的怕就是柯勒惠支的作品」。他當時就愛上了其中的兩幅，一是《農民戰爭》中的《反抗》，一是《織工》中的《突擊》，「當

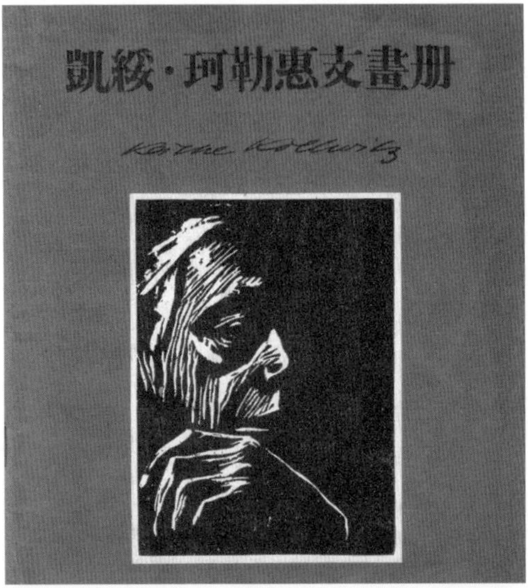

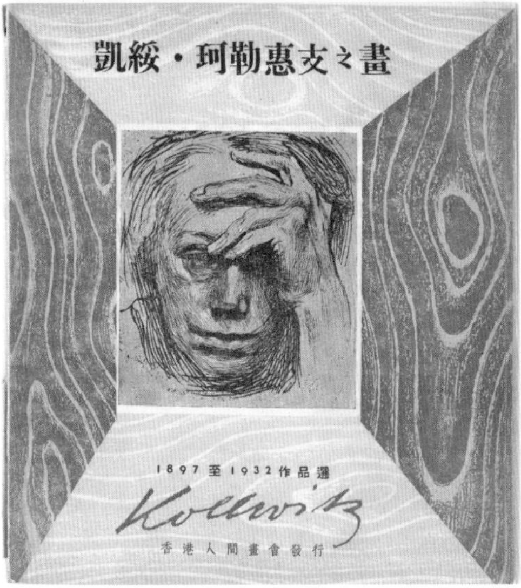

｜凱綏・柯勒惠支畫冊

時正從美國《新群眾》月刊和日本複製印刷品上開始接近新藝術的我，從未見過一幀畫面上表現着這樣的緊張，有力和激憤。我站在這兩幀畫面前驚怔了。我想擁有它，但每幅三十幾塊的定價，使我完全放棄了這種奢念。」他還不無羨慕地說：「後來魯迅先生將這兩幅版畫都影印了出來，說不定就是從這家書店買去的。」所以，在有條件的時候，為柯勒惠支印一本畫冊，也算圓了自己年輕時的一個舊夢。

如果只停留在個人喜好、個人夢想層面，那就有些把葉靈鳳看低了。固然，「在技巧方面，柯勒惠支在這兩輯銅版畫上達到了日爾曼古典版畫大師們的最高水準」，但是，和魯迅一樣，葉靈鳳看重柯勒惠支，並不是「為藝術而藝術」，而帶有明顯的目的性。恰如柯勒惠支自己所言：「我同意我的藝術是有目的的，在人類如此無助而尋求援助的時代中，我要發揮作用。」魯迅青睞的是柯勒惠支畫作所透出的「慈愛和悲憫」，「這是一切『被侮辱和被損害的』母親的新的圖像」。葉靈鳳也認為：「成為當代第一流藝術家的柯勒惠支，她的作品受到普遍的愛好、讚美和尊敬，是因了她在每一幅作品中所寄託的同情、愛、憎恨和憤怒。」柯勒惠支一生都在反映歷史和現實中被壓迫民眾的悲慘狀況，記錄他們的起義和抗爭史跡，這恰恰是中國的普羅藝術所需要的營養。

「目的性」不代表就要否定「藝術性」。柯勒惠支自己就認為，她的「作品不是純粹藝術，但它們是藝術」。魯迅也經常告誡木刻青年不要過於宣傳化，比如，工人畫成斜視眼，伸出特別大的拳頭。葉靈鳳印行這樣一本畫冊，也有着跟魯迅大致相同的考慮。他在《序柯勒惠支畫冊》中說得格外透徹：

> 中國的版畫藝術，正和它的工作者一樣，都還在青年時代，但已經被迫不得不擔負壓到眼前來的艱巨的責任。面對着偉大的民族解放戰爭，它所提供的無數神聖、勇壯、悲慘、苦難的素材，青年藝術工作者感到了自己應盡的責任，但同時對於這種種偉大複雜的題材，又感到自己的技巧不夠純熟，無法自由地表現自己的意象。同時，又沒有時間可以學習，更沒有地方可以獲得良好的指導和參考，於是有一種說不出的苦悶和彷徨。這冊畫集的出版，我以為，在這方面至少可以填補一部分的缺欠，救了暫時的急。柯勒惠支所慣用的題材：死亡、貧苦、饑餓、爭鬥，她在這上面所寄託的同情和憤怒，她所給予的啟示和鼓勵，她所運用的寫實而又象徵的強勁有力的手法，都可以使我們從她的作品上獲得有益的參考和幫助。還有，更為重要的，她對於現實的認識，她

始終不渝的政治信念，她對於藝術的忠實，至老學習不懈的刻苦精神，更是每一個藝術工作者的永久的模範。

接下來的問題是，雖然有用，但在魯迅之後重複出版這樣一本畫冊有無必要？這要回顧一下魯迅出版《凱綏．柯勒惠支版畫選集》的具體情形。正如前面説過的，這本畫冊是魯迅自費出版，所以初版本只印了一百零三本，內有四十本為贈送本，三十本送往國外，交內山書店在國內發售的僅有三十三本。雖然此後文化生活出版社在一九三六年十月根據初版本縮小重印了此書，但精裝也只印了五百本，平裝也只印了一千本，遠遠滿足不了讀者的需求。魯迅當年曾在畫冊扉頁上印了「有人翻印，功德無量」八個字，可他萬萬料想不到，響應這一號召的，不是別人，正是他的「死敵」葉靈鳳。王琦曾經先後擁有過魯迅和葉靈鳳編輯的兩本畫集，他在比較之後説：「這本《凱綏．柯勒惠支畫冊》收集的三十二幀作品，大部分是三間書屋版本裏所沒有的。」這就不僅僅是「翻印」了，從更多地介紹柯勒惠支版畫這一點來説，也是「功德無量」的。至於它如何「有用」，王琦在發表於《讀書》一九八四年第十一期的《從幾本外國版畫集想起的》一文中有過非常生動的講述。

一九三八年十二月，當我離開延安前夕，把《凱綏．柯勒惠支版畫選集》贈給了美術系一位快要上前方去的同學。我回到重慶後，想買到同樣的版本已經不可能了。在一九四一年秋，才從生活書店購得香港「新藝社」出版的一種二十四開本的《凱綏．柯勒惠支畫冊》和另一本同樣開本的《果耶畫冊》。……在抗戰時期，看到這兩本畫冊，感到特別親切和有用，因為當時中國人民正經歷着侵略與反侵略、壓迫與反壓迫的嚴重鬥爭，畫冊裏所表現的內容，也正是和中國人民一樣所身受的苦難和血淚的歷史。同時，也正是需要有良心和正義感的畫家，像幾百年前的果耶和現代的柯勒惠支那樣，把侵略者、剝削者的罪惡向全世界善良的人民進行有力的揭露與控訴。這兩本畫冊印數不多，發行到內地的更有限，在藝術界中引起珍視是自然的。一九四三年秋，我在育才學校美術組任教時，有兩位美術界友人把這兩本畫冊借去。不久，他們要去新四軍參加工作，我便把畫冊贈給他們作為紀念。

薄薄的兩本畫冊，竟被帶去了新四軍，並且可能在它們的影響下創作出抗敵作戰的美術宣傳品，葉靈鳳知道了，也定會歡欣鼓舞。事實上，到了一九四八年春，王琦真的從南京去了香港，參與黃新波發起的人間畫會活動，經黃新波介紹，認識了葉靈鳳。王琦多少年後還記得葉靈鳳送書給他的情形：「他聽了我說起這兩本畫冊的經歷時，便慨然把自己僅存的兩本《凱綏．柯勒惠支畫冊》中的一本贈給了我，一直珍藏至今。」不過，興許是王琦手邊沒了《哥耶畫冊》，所以在文中誤記為《果耶畫冊》；就是那本《凱綏．柯勒惠支畫冊》，也有一些地方值得核對。例如，他說：「卷首轉載了三閒書屋版本刊載的由史沫特萊撰寫由茅盾翻譯的一篇序文。」但我藏的這本卻沒有。翻開酒紅色的封面，是一幀柯勒惠支的自畫像和手寫體的簽名，接下來便是佔了三個頁碼的《圖解》，《圖解》之後是葉靈鳳的《序柯勒惠支畫冊》，佔去四個頁碼，序文插入題圖和插畫各一幀，並不包括在正文的三十二幅畫作之內。我所藏的這本標明是「廿八年十一月再版」，因為沒有見到初版，所以不知道兩個版本有什麼區別。葉靈鳳序文的落款是「一九三九年十月在香港」，可見不足一個月就有了第二版。藏書家姜德明還說，到一九四〇年年底，它已經印行了三版，受歡迎程度可想而知。

一九四九年五月，黃新波主持的香港人間畫會亦發行過一本《凱綏．柯勒惠支之畫》，選輯一八九七年至一九三二年作品三十七幅。卷首有人間畫會成員謝子真寫的《人民藝術家凱綏．柯勒惠支》一文，也提到了葉靈鳳選編的那一本。文章說：「一九三六年魯迅先生出版了《凱綏．柯勒惠支版畫選集》（三閒書店），這一年，香港新藝社也刊行過一本《凱綏．柯勒惠支畫冊》。這兩本書現在都不易見到，雖然間中在報章美術畫刊或雜誌上還可以見到零星的關於她的介紹文章和作品，但多嫌不夠。」文中所說新藝社選本的出版時間顯然記憶有誤，一九三六年，葉靈鳳還沒到香港，新藝社也還不可能成立呢。

《未死的兵》談屑

有一本書必須提到，雖然它不是葉靈鳳的著作，卻與葉靈鳳關係密切，這就是夏衍翻譯的日本作家石川達三的《未死的兵》。說與葉靈鳳關係密切，首先是因為，葉靈鳳具體負責了這個譯本的出版和裝幀。透露這消息的是詩人林林，他當年和夏衍、葉靈鳳一樣，都是廣州時期救亡日報社同人。他在收入《八八流金》的〈葉靈鳳印象〉一文中這樣說：

上海淪陷後南京跟着淪陷，日軍在南京進行大屠殺，有個叫石川達三的日本作家，寫了日本士兵在南京的暴行，他已感到自己是快要死的，寫了《未死的兵》這本書。那時我們在廣州與香港保持聯繫，日本出版了什麼東西，想些辦法是能夠搞到的。夏衍把《未死的兵》翻譯出來，出版工作由葉靈鳳負責。

他對封面設計、校對等都很仔細認真，此書在南方出版社出版後影響很大，利用日本人自己對戰爭的揭露提高大家的認識，很有說服力。

說起石川達三，很多人可能有些陌生，但他的《金環蝕》知道的人就比較多了。日本侵華戰爭爆發的時候，石川達三還是個三十出頭的文壇新銳，剛剛獲得日本文學界頗負盛名的「芥川獎」。一九三七年十二月，他作為《中央公論》的特派員隨侵華日軍來到中國，用十一天時間寫出一部十二萬字的小說《未死的兵》。日本政府的本意是要創作一批美化侵略戰爭的作品，但石川達三卻用寫實的筆法和暗淡的心境，無情地暴露了戰爭的殘酷和日軍的獸行，其中對於高島師團凱撒連隊進攻南京的描寫，更是成為南京大屠殺的血的紀錄。這樣的一部作品當然會引起日本法西斯的恐怖，當局不僅在發行當天就將其封殺，還把石川達三送進了監獄。但是，仍然有一些印好的書流傳出來，一個在美國的日本人將它翻譯成了英文，在中國，也出現了三個中文譯本，其中一個正是出自夏衍之手。

夏衍的譯本於一九三八年七月由南方出版社初版，版權頁上標明由救亡日報總經售，地址是廣州長壽東路五十號，南方出版社名下並無地址；又念及夏衍在《懶尋舊夢錄》中曾說救亡日報社設有出版部，因此我就大膽猜想，南方出版社便是救亡日報社自己所辦。這個猜想很快就被證實，在《救亡日報的風雨歲月》一書中，恰有一篇王仿子的〈漫憶南方出版社〉，文章說：「南方出版社一九三八年創辦於廣州。名義上是一個出版社，實際只是救亡日報社出版書與雜誌的一個工作部門。」王仿子雖然是在桂林期間加入救亡日報，但他在文中也提到廣州時期初版的《未死的兵》：「南方出版社出版的第一本書是日本作家石川達三著、夏衍翻譯，記載南京大屠殺事實的《未死的兵》，在廣州初版，在桂林印到第四版。」

葉靈鳳在救亡日報的上海時期，倒是在出版部工作過，南方出版社在廣州成立後，是否從事這方面工作，尚未見到記載。不過，夏衍對他在出版和裝幀方面的才能是非常瞭解的，將這本書交給他打理，也是順理成章的事情。葉靈鳳也不負夏衍的信賴，在裝幀設計方面還是頗用了一番心思。封面採用了一幅日本軍人把盞飲宴的新聞照片，與小說的寫實風格十分協調；「未死的兵」四個粗黑的老宋字，也頗有幾分沉鬱的氣息。難能可貴的是，即使是在戰時，在細節上也毫不含糊，插入了多幅炭筆繪製的插圖。插圖的作者是畫家郁風，用她自己的說法，「我也是其中一名為『救報』畫漫畫插圖的記者」，雖然還是一個二十多歲的小姑娘，但她的畫功並不顯得稚嫩。

自一九三八年七月二十四日起，救亡日報連續在中縫刊登南方出版社和《未死的兵》的廣告。這部由日本人「自揭家醜」的小說，適逢其時，一紙風行。我收藏的一本，已是一九四〇年的第四版。這一版刊行於桂林，因為救亡日報在廣州淪陷之後遷到此地復刊。由於葉靈鳳沒有隨報社同行，而是滯留在了香港，所以，這個版本應該是由別人重新設計的封面。書名是紅色字體，右下方是一幅日本士兵抱槍蜷坐的黑白木刻。由於年代久遠，又是土紙印製，木刻的細節以及作者的簽名已經難以分辨。與初版相比，這一版除了保留日本進步作家鹿地亘的〈序〉，還新增了夏衍的一篇〈後記〉。不知是不是因為原書難找，這篇〈後記〉並沒有收進《夏衍書話》，但我覺得，這倒是一篇名副其實的書話，因為它記錄了《未死的兵》出版前後的有趣的掌故。原文篇幅不長，不妨抄錄於此：

後記

翻譯《未死的兵》，是在前年廣州大轟炸的時候，這是一本用比較嚴肅的態度，描寫中日戰爭現實與日本士兵心理的作品，所以在日本國內國外，都相當引起了「問題」，中國，也就有了三種不同的譯本，在廣州出版之後，一月內銷完了初版，再版在十月初出售，印了三千，因為廣州緊急，印好了的書無法寄出，因之直等十月二十一日上午我們退出廣州，還有兩千多本整整齊齊地剩在長壽東路的樓下，在當時覺得有點惋惜，但是後來想，敵人進來之後也許拿出作參考用吧，那麼也好，作為我們對他們的贈品，在他們反省這次戰爭本質之點，也許有點好處。

現在，又在桂林印了三版，時日已經隔得很久，對於這本書，也許許多人已經遺忘，被描寫的物件，因為是初期作戰的日本士兵，所以必然的也和現下的實情有了一些間隔，我們相信，現在日本士兵的心，一定比這書裏所描寫的還要暗淡，但是當我們想到現在日本國內，連寫這樣一本怯弱的書的自由也已經沒有，那麼讀一讀這一本書，同樣的也還是可「供參考」。

四〇，六，二十三。夏衍

由於戎馬倥傯，夏衍自己手邊也沒有了這書。新中國成立之後他奉命進京，阿英將舊書攤上淘來的一冊送給了他。後來，夏衍還有見到石川達三本人的機會，見面時的對話也是非常有趣。這事見於夏衍的《致讀者——日譯本〈夏衍自傳〉之二》：

五十年代中，石川達三訪問中國，我在一次酒會上遇到他。談起了這事，他皺着眉頭說：「就是你們翻譯了這本書，害我坐了監獄。」其實，這是他的誤會，因為《未死的兵》在廣州出版於一九三八年七月，這時候他已經「預審終結了」，有鹿地亘同年五月間寫的序言可證：「作家石川達三最近預審終結，大概已經送進監牢去了。」

葉靈鳳雖然沒有提起過《未死的兵》，但或許，《未死的兵》的翻譯出版，給了他一些啟發。就在廣州期間，他發表過一篇〈我想盡的責任〉，談的是「在抗戰期中，我想寫些什麼；尤其在這第三期抗戰期中，我想寫些什麼？」他說：「這問題，不用旁人向我提出，我正是隨時自己在反問着自己的。」「作為一個中國的知識分子，我們該盡量使得每一個寫下的字都是一種力量，都是對於敵人的打擊。」在他想寫的文字中，就包括翻譯：「我還想運用我的貧弱的外國語知識，將反映我們英勇的抗戰以及反侵略的國外文藝作品，隨時翻譯一點過來。」這計劃隨後就實施了，不過翻譯的並不是日本作品，畢竟《未死的兵》不可多得；他將目光投向的是法國作家巴比塞、蘇聯作家巴甫連柯，他們同樣以反戰文學蜚聲文壇。特別是巴比塞，他被國際作家協會頌揚為「在全世界文學作家中的第一位、也是最偉大的一位反對帝國主義戰爭的戰士」。他的小說《火線下》，與《未死的兵》有着異曲同工之妙，都是以淋漓盡致的筆觸，暴露了帝國主義戰爭的殘酷和非正義。

《紅翼東飛》與新俄之戀

《火線下》雖然不幸夭折，但葉靈鳳翻譯的蘇聯作家彼得．拍夫朗訶的《紅翼東飛》，卻由大時代書局出版了。關於該書的出版時間，賈植芳、俞元桂主編的《中國現代文學總書目》有兩條相互矛盾的說法：一曰「大時代書局一九四〇年三月初版」，一曰「重慶大時代書局一九四一年一月初版，一九四二年十一月再版」。這本書市面難找，我收藏的只是一冊複製品，又恰好缺版權頁，所以確切的時間一時難以查證。可以知道的是，《紅翼東飛》最初曾連載於香港《立報．言林》，從一九三九年三月一日持續到十一月二十一日，凡二百三十五期；葉靈鳳為《紅翼東飛》所寫的《譯者題記》，落款也是在一九三九年十一月。所以，在此後的一九四〇年三月出版，並非不可能；慮及戰時的種種不便，延至一九四一年一月付梓，也屬合理。葉靈鳳之所以翻譯《紅翼東飛》，首先是在履行抗戰期間一個文藝工作者應負的責任。一九三九年三月二十六日，他在《立報．言林》發表的〈留港文藝工作者的責任：遙祝文協總會一周年紀念〉一文中，透露出這一時期他的心跡：「抗戰是一座熔爐，他團結了一切的力量，他產生了新的力量。」「我們便該一刻不要忘記我們的責任。遙對着祖國，留港的文藝工作者應該一面克服身邊的困難，說服爭取工作圈外的同伴，一面利用環境負起一個運輸站的責任，將淪陷區民眾的希望和世界的同情寄回祖國，再將祖國新生的氣息傳遞到黑暗的區域和全世界。」翻譯別國的反日反戰文學，無疑就是在「負起一個運輸站的責任」。

而選擇翻譯蘇聯小說，應該還有一層「衷曲」，那就是葉靈鳳的「新俄之戀」。可以不誇張地說，葉靈鳳實在算得上新俄文學翻譯的先驅。他在自己主編的《現代小說》第一卷，總共發表九篇譯作，其中俄羅斯文學就佔了五篇。一九二八年，他更在上海光華書局出版《新俄短篇小說集》。他自己曾經特別強調：「在年份上說，除了曹靖華先生的《煙袋》以外，竟是國內出版最早的第二本蘇聯短篇小說的中譯本。」有趣的是，一九三〇年魯迅為春潮書局籌編系統介紹蘇聯文學的《現代文藝叢書》，開列的書目中也有三卷沿用了《新俄短篇小說集》的書名，只可惜由於反動派的文網和出版方資金的窘迫，這三卷「同名的書」幾經周折最終未能出版，否則，又會為葉魯關係增添一條花絜。葉靈鳳並不懂俄文，他的翻譯是從英文轉譯的，「草率」和「幼稚」固然難免，但在當時確實發揮了「填補空虛」的作用，也是不可否認的事實。葉靈鳳在〈新俄短篇小說集〉一文中回憶說：

當時的我還是個二十二三歲的青年，不要說在外國語文上的修養不夠，就是本國語文的運用也很幼稚，只是憑了一股熱情，大膽地嘗試了這工作，用來填補了當時出版界的這一類空虛，同時也暫時滿足了我自己以及當時同我自己一樣的許多文藝青年對蘇聯文藝的飢渴。因為當時是不大有機會能讀到蘇聯文藝作品的。就是我這本小小的短篇作品翻譯集，出版後沒有幾年，也就被禁止了。

這樣一本「禁書」，自然不易找。葉靈鳳自己的這本，則是在一九五七年的一次長途旅行中，「無意在一家舊書店裏買得」。時間又過去了半個多世紀，坊間更是一冊難求了。我收藏的一冊，自然是複製品，但出版者不是光華書局，而是大光書局，版權頁上的出版人是陳荇蓀，出版時間則是「中華民國廿六年一月再版」。這是毫不奇怪的，因為光華書局一九三五年因欠債無力償還被法院封門，申請人就是陳苻蓀任經理的均益印刷所，光華書局的存書、紙型、版權被陳苻蓀悉數收購，大多改由大光書局的名義發行。例如，列入《歐羅巴叢書》的葉靈鳳的另一本譯著《蒙地加羅》，就先後有光華和大光兩個版本。但奇怪的是，這本大光版的《新俄短篇小説集》，卻不是光華版的簡單再版，其所包含的篇目完全不同。先來看葉靈鳳對於光華版篇目的介紹：

《新俄短篇小説集》是一本三十二開，一百八十六面的小冊子，其中一共包括了五位作家的作品：迦撒洵的〈飛將軍〉，愛羅梭夫的〈領袖〉，比涅克的〈皮的短衫〉，伊凡諾夫的〈軌道上〉，西孚寧娜的〈犯法的人〉。最後一篇佔了一百頁以上的篇幅，實際上是個中篇。

而大光版的《新俄短篇小説集》則只有四篇作品，分別是 Laddia Seifoullina 的〈兩朋友〉，Artiom Vessioly 的〈海面掠奪〉，Valentin Kataev 的〈火〉，Alexei Tolstei 的〈浮華盜〉。查賈植芳、俞元桂主編《中國現代文學總書目》，並沒有著錄大光書局的這個版本。而在成紹宗名下，也有一本《新俄短篇小説集》，説明是：「〔俄〕萊迪阿・雪婦麗娜等着，成紹宗譯。上海支那書店一九三〇年三月初版。收入研新社叢書。」所列目次竟與前述大光版葉譯本完全相同。究竟是張冠李戴，還是李冠張戴，真成了一個待解之謎。

周聖男在〈異域文學與都市奇葩——葉靈鳳翻譯文學研究〉一文中指出：「革命主題的譯作貫穿了葉靈鳳的整個翻譯生涯，尤其集中於一九二八——一九三〇年和一九三九——一九四一年這兩個時段。」如果說第一時段的代表作品是《新俄短篇小說集》，第二時段的代表作品就是《紅翼東飛》了。這兩個時段，既有一脈相承，又有昇華超越。如果說，第一時段他還是以一個文藝青年的身份，懵懂地擁抱十月革命後普羅文學的時代潮流；到了第二時段，則是以一個文藝戰士的身份，承擔起抗日救亡的時代擔當。他之所以在抗戰初期選擇翻譯《紅翼東飛》，看重的就是它的「反日」，就像他在該書的《譯者題記》中所說：

> 拍夫朗訶並不是僅以描寫異鄉景物為能事的風土作家。在他寫給辛克萊的回信上說：「《赤金》的主題必然將是反日的。直到今天，西伯利亞和遠東，決

不會忘記在我們與白黨和國外干涉者鬥爭的日子，日本軍閥在其中所表現的惡行和殘暴。」

為了不會忘記，拍夫朗訶便寫下了這部《紅翼東飛》。

關於《紅翼東飛》的故事情節，葉靈鳳在《譯者題記》中也有概述：「這是一部摻合了史料和想像的小說。描寫蘇聯怎樣經營西伯利亞和遠東，由荒漠的林莽地帶怎樣變成了新的城市，由不設防的荒野怎樣出現了鋼鐵的炮壘線。敵人的間諜忙碌起來了。敵人着慌了，便先發制人，突然進攻蘇聯的邊境，而且襲擊符拉迪沃斯托克，要摧毀蘇聯遠東空軍根據地。但紅軍運用着巧妙的戰略，從空中，從海上，從地下，不僅殲滅了進攻的敵人，而且紅翼的空軍還飛到敵人的心臟——東京，加以無情的摧毀。」僅僅描寫蘇聯紅軍對於日軍的打擊，已經足以發揮激勵作用了，更何況，「東三省的中國義勇軍和游擊隊，在書中也佔着重要的地位，無疑的，這是事實，在驅逐遠東侵略者的戰爭上，中國民眾早已在執行着這歷史的任務。」所以，葉靈鳳深知並且清晰地說出了這部小說的現實意義：「而在今日，在抗戰的現階段中讀起來，份外地使我們感到興趣，因為書中一部分的想像，已經由我們加以實現，而且超越了他理想的範圍。」

拍夫朗訶，通譯巴甫連柯，一八九九年生於高加索一個鐵路員工家庭。他參加過紅軍，做過幾年黨務工作，「國內戰爭的炮火，緊張的黨和蘇維埃政府的工作，鍛煉了這位未來作家的性格，使他積累起了生活經驗。」別里索夫在《巴甫連柯的創作道路》一書裏説，巴甫連柯最初是為報紙撰稿，隨後逐漸成長為一個社會主義現實主義的作家。在高爾基的指導下，他認識到：他的作品愈是真實、尖銳地反映了當前的迫切問題，他所創造的藝術形象也就愈加豐富多彩，形象鮮明。「在這方面，巴甫連柯新的大型作品——一九三六年年寫就的長篇小説《在東方》（即《紅翼東飛》）便是令人信服的例證。」小説出版後，《真理報》破例刊載了幾個篇章，還發表了兩篇專門論述它的文章。高爾基在給巴甫連柯的信裏説：「《在東方》奠定了真正國防文學的基礎。」同時，國際進步輿論也接受了巴甫連柯和他的小説。法國作家羅曼．羅蘭稱讚它是「對未來的征服」。保加利亞最優秀的作家柳德米拉．斯陶雅諾夫則説：巴甫連柯的長篇小説「對於廣大讀者」是很重要的，「他們在當前的情況下需要這種富有朝氣的、勇敢的書籍」。

葉靈鳳無疑是中國作家中擁抱巴甫連柯的第一人，他的《紅翼東飛》不僅是第一部中文譯本，而且迄今為止還是唯一的一部。這部「主題先行」的「奉命之作」，也許並不十分符合他的藝術標準，因為他曾在〈戰爭和偉大的作品〉一文中對什麼是偉大的戰爭文學表達過他的觀點：「在戰爭期間所產生的戰爭文學，唯一的缺憾是時常會被過度的愛國主義和仇敵觀念所渲染，以致暫行價值減低了它可能的永久價值。」在他心目中，偉大的戰爭文學，必是「足以記錄人類這次慘痛教訓的」偉大作品，「而從戰爭中蒙受災禍最甚的民族將有產生最深刻作品的最大可能。」寧願拋開自己的唯美主義傾向，而奮筆翻譯這樣一部作品，委實是在大時代面前對於「小我」的勇敢捨棄。不禁讓人想起他在〈留港文藝工作者的責任〉中說的那句話：「抗戰是一座熔爐，他團結了一切的力量，他產生了新的力量。」

葉靈鳳買西洋畫冊

葉靈鳳自幼喜愛繪畫，中學畢業後便到上海就讀美術專科學校，一度也曾以畫家身份馳名文壇，雖然很早就封存畫筆，專事寫作，但對於美術的熱情未有稍減。陳君葆〈壽葉靈鳳六十〉詩云：「霧豹文章何落落，蠹魚箱篋自休休」。在那「蠹魚箱篋」裏，自然少不了他一生鍾愛的西洋畫冊，而這箱篋的日漸充盈，也是有着別樣的甘苦甜酸的過程。

還在上海的時候，葉靈鳳就擁有了一批豐富的藏書，當中就包括比亞茲萊、蕗谷虹兒等人的精美畫集。比亞茲萊的是一本英國原版的《莎樂美》，「十六開的大本，附有比亞斯萊的全部插圖，封面是硃紅色的，用金色印了比亞斯萊設計的孔雀裙圖案草圖，富麗堂皇」。兩冊蕗谷虹兒畫集是創造社前輩鄭伯奇用身邊剩餘的日本錢在內山書店為他買的，「這全是童話插畫似的裝飾畫，使我當時見了如獲至寶，朝夕把玩」。一九三八年，葉靈鳳南來香港，那批書幾經轉移託寄，最終全部失散於戰火之中。每當念起自己離散的舊愛，他都會吟誦司空圖的詩句：「得劍乍如添健僕，亡書久似失良朋。」那一批書，可都是他「用最初寫文章所得的稿費，甚或是在學生時代節省了車錢」，一本一本積攢起來的。

「人生百病有已時，獨有書癖不可醫」，轉戰香港的葉靈鳳頑強地開始了第二次積累，但不久香港也告淪陷，覆巢之下，書肆畫廊紛紛關門大吉，買書讀畫這類風雅之事自然淪為奢侈之舉。我們在葉靈鳳的記載中，也只見到過那麼一次買畫的經歷，那是在日本投降之前半年，買的是 Clarke：「想買 Clarke 插畫的愛倫坡小說集，多年未見，最近無意得之，雖然封面被撕去，復失去彩色插畫三幀，然而已經夠滿足了。」這本沒有封面的殘書得於何處，葉先生沒有交待，猜想是在摩囉街之類冷攤。戰亂之時民生凋敝，拿書換米的大有人在；逃難歸鄉如走馬燈一般，臨行散書也是司空見慣。

重光之初，百廢待興，書市也難立刻恢復往昔繁華。一九四六年四月八日，老字號別發書店恢復營業，葉靈鳳「特往流覽一遍，偌大店面，書佳寥，數百冊，而且價貴，一無可購」。那當兒，「畢卡索已成為現代畫派之第一人」，但葉靈鳳「至今尚未能買得畢卡索之畫集」，念茲在茲，「又託別發書店往訂購」，在沒有畢卡索畫冊的日子裏，只好「從各處剪下畢卡索彩色複製品」，聊以望梅止渴。一直到一九四七年的四月一日，別發書店才送來他訂購的《畢卡索——藝術五十年》，不巧「身邊沒有錢，特走去新生晚報借來稿費一百元應付」。過了將近兩個月，別發書店又來電話，謂所定購的另一本畢卡索畫集已到，竟又「無錢去取」。一周之後好不容易籌夠了錢到書店取書，「佢謂候我多日不來，已賣去了」。葉靈鳳仰天喟歎：「沒有錢的影響，夫復何言！」多年之後他還忘不了這事：「數年前曾訂購畢卡索的素描集一冊，系仿原尺寸的大畫冊，定來後一時無錢去取，竟為別人購去，後來絕版不能再得。此心至今耿耿未能忘也。」

好在總算有了一本畢卡索，更何況「翻閱之下，果不負期待。印刷及編排都好」。當天就「翻閱至深夜，為近來僅有的一件痛快事」。後來的一陣子，他又添置了不少畢卡索畫集和傳記評論，其中還有一冊畢卡索近年的彩色版畫集，「取出來放在一旁對看，頗有味」。他曾寫過好幾篇畢卡索，在《畢卡索的版畫》中，他對畢卡索的尊愛之情溢於言表：「畢卡索並不是純粹的版畫家，就他的藝術活動來說，版畫可說是他的業餘產品，然而僅就數量來說，就已經超過了許多純粹的版畫家。」「畢卡索的素描，他的線條的準確，流利和瀟灑，簡直有點像我國的畫評家稱讚吳道子的白描那樣：下筆如春蠶吐絲，無往而不便利自如。他的素描功夫，在西方藝術中是古今都沒有第二個人能比得上的。」多彩多姿的畢卡索陪伴了葉靈鳳有些蕭索的餘生，在他去世後，他的家人特意撿了兩本他喜歡的畫冊一起火葬，一本是比亞茲萊，另一本便是畢卡索。

在葉靈鳳所買的畫冊中，有關書籍裝幀與插畫的，佔了不小的比重。他買過英國畫室出版社出版的幾集《書的藝術》，他固然喜歡莫里斯及比亞茲萊等人的裝飾風格，但也認為「捷克荷蘭等之排版及插圖，有時比習見之英美別具一格，甚為可觀」。作為一個愛書家和書籍裝幀家，葉靈鳳對於書籍插畫有着精深的見解，他認為：「至於插畫，尤其是文藝作品的插畫，它的作用決不在裝飾，說明，或解釋某一些章節。它必須是這一部作品另一個手法的表現。這樣的插畫才可以不與作品的精神游離，而它本身又不失為獨立的藝術品。」正因如此，有時候他對插畫的關注甚至超過了文學作品本身，頗有一些買櫝還珠的況味。在一九四六年三月的一天，他讀了福樓拜的《薩朗波》（*Salammbo*，舊譯《沙蘭波》）。讀後他說：「同法朗士的《黛絲》一樣，我不喜愛其中那些關於古代異國風俗裝飾的描寫。我的架上《沙蘭波》共有兩部，一部有吉賓斯的木刻插畫，一部是Mandrake press的限定版，大本，有彩色插圖。後者有辛蒙斯的序，可是插圖並不怎樣好。」福樓拜我只讀過他的《包法利夫人》，因為上大學那會兒還沒有聽說《薩朗波》。後來好幾家出版社推出了中文譯本，可我不想買也不想讀，我和葉靈鳳一樣，關心的只是吉賓斯的插畫。

羅伯特·吉賓斯（Robert Gibbings）是英國畫家，生於一八八九年，歿於一九五八年，不只精於木刻和雕塑，他自己也寫過旅遊和自然史方面的書籍，並自行繪製插圖。他曾發起創立木刻學會，對英國乃至美國木刻藝術的復興都產生了舉足輕重的影響。我藏有一巨冊紐約出版的*500 Years of illustration*，從阿爾佈雷特·丟勒，到洛克威爾·肯特，五百年間的偉大插畫家一網打盡，當中就有一段介紹羅伯特·吉賓斯，並且收入他的三幅插繪。這三幅木刻作品全部出自《薩朗波》，黑白分明，刀法洗練，異域風濃，古意盎然，賞玩之下不禁想起魯迅在《集外集拾遺》中對他的那句評價：「他對於黑白的觀念常是意味深長而且獨創的。」

我本來在孔夫子舊書網上見到一冊吉賓斯自寫自畫的《甜甜的泰晤士河軟軟地流》（*Sweet thames run softly*），一九四六年的版本，綠色布面燙金精裝，定價也只七八百，可惜被人捷足先登了（當然，後來我搜羅到了一大堆吉賓斯著作，包括失之交臂的這本，那是後話）。還沒來得及為此遺憾，就讀到了董橋的《再見 Rackham》，原來董橋對於吉賓斯畫插圖的舊版書也是萬般垂涎，無奈一直跟他沒緣，只能喚一聲「老天爺」，就此「認了」。其實失意的又豈止一個董橋，就連魯迅當年也曾酸酸地說：「英國的作家我不大知道，因為那作品定價貴。」他所說的那「定價貴」的作品，指的就是吉賓斯的《第七人》。他沒完沒了地絮叨說：「限印五百部，英國紳士是死也不肯重印的，現在恐怕已將絕版，每本要數十元了罷。」相比之下葉靈鳳更為幸運，他不光擁有吉賓斯插圖的《薩朗波》，後來還以六元的超低價買到一冊吉賓斯木刻集。

進入五十年代，香港的書店漸漸多了起來，葉靈鳳除了照樣常去別發，另外愛逛的還有辰衝、哈里斯和三聯書店。別發、辰衝和三聯現在還有，哈里斯恐怕早就沒了。據葉靈鳳講，哈里斯書店為猶太人所開，有一次他在哈里斯購西洋迷信詞典一冊，「老闆將封面包紙上之原有定價剪去，售我十八元五毫，但後來發現原來定價僅十六先令，彼多售二元五毫，此猶太人之所以終為猶太人也。」不過去處一多，撿到洋落兒的機會終究也就多了。有一次，「過別發書店，見前定之英國木刻集已到，但他們竟忘記留起來給我，若不是今天恰巧去，也許要錯過機會了。此書內容甚好，有一幅彩色的派克女士木刻極佳，價錢僅七先令半，可謂便宜」。

派克女士全名阿尼斯．米勒．派克（Agnes Miller Parker），她是英國著名的木刻畫家和書籍插繪家。早年蕭乾先生曾經傾其所藏編選了一冊《英國版畫集》，一九四七年由趙家璧主持的上海晨光出版公司出版，「派克和赫密士兩位英國女木刻家的作品選得很多」。葉靈鳳得到這書愛不忍釋，當即就在《星島日報》撰文評介，他認為：「她們兩人的作品成了本書最精彩的部分。派克女士所刻的動物，赫密士女士所刻的花卉，在當代英國木刻作品中早已成了令人欽佩和模仿的對象。」我生也晚，到手一冊山東畫報出版社的複刻本也就非常知足了。不過要說的是，派克女士並非只擅長動物，她曾為赫伯特．厄內斯特．貝茨的《穿過樹林》（*Through the woods*）製作過全書插繪，當中既有動物，又有花卉，我那本 *500 Years of illustration* 收進三款，選的全是花卉，那個精細勁兒確實讓人着迷。我還見過派克為哈代小說創作的木刻，覺着比起她的動物花卉來更具動感和氣場。董橋寫過一篇〈那些年我見過不少哈代〉，說他「那時候看到一本愛一本」，卻通篇不提派克的插繪，難不成他見的都是別的版本？

葉靈鳳似乎只買畫集，幾乎看不到他購買西洋原畫的記載，這當然是經濟條件所限制的，他要靠寫稿賣文養活一個十幾口的大家庭，因此就連稍貴一些的畫冊也常常是望洋興嘆。他喜歡買一些西洋名畫的複製品，有一次，「過哈里斯書店，見有鮑特差利畫冊。此書戰前曾見過，內有『委納斯誕生圖』，系彩印雙頁大幅。久擬購置，多年未得，亟購之，三十元。歸來細閱，始知系法文版而非英文版。這本無關係，但當時渴慕亟購取不暇細閱之神情，思之失笑」。不過他也經常為了價錢而「躊躇不能定」。例如，一九五二年八月十二日，「往別發書店付書賬，見有新到之果庚谷訶彩色複製品，皆系照原尺寸者，每幅要八十元，想買兩幅又嫌太費錢」。他喜歡在牆上掛一些西洋畫的複製品作點綴，由這些畫家畫作的選擇，我們也能稍稍看出他的偏嗜和欣賞的興趣。按照他在〈記畫〉一文中的描述，書房裏掛有四幅，分別是達·芬奇的《蒙娜麗莎》、惠斯勒的《母親》、畢卡索的《鏡前的婦人》，以及波提切利的《維納斯的誕生》。「還有幅畫，也是我在心裏想念了多年，可是至今仍不曾買得到。這是英國拉斐爾前派詩人畫家洛賽蒂的那幅《麗麗絲》。」這些畫作，無一例外地表達着一個共同的主題，那就是母愛和慈愛。在他家的另一個房間裏，還掛着三幅畫作，分別是梵谷的《阿爾里斯的朗格洛伊橋》、馬蒂斯的《有埃及窗簾的室內風景》，以及畢卡索的《三個音樂家》。這三位畫家他是真的喜歡，為他們寫過很多篇短文。

葉靈鳳最喜歡的還是《蒙娜麗莎》，他把她掛在正對書桌的位置，每天伏案執筆一抬頭就可看到。葉靈鳳承認，自己「正是世上無數的『莫娜麗莎狂』之一」。從上海到香港，他幾次設法求購這幅名作的複製品。一九五二年夏天，黃茅約他為《新中華》寫一篇〈偉大的天才達文西〉，並借去他的《蒙娜麗莎》製版，雜誌出來時他們説原底製版時弄汙了，不肯還給他，託他另買一部作賠償，他馬上再去書店訂購。他甚至説過這樣的話：「這幅畫曾於一九一一年失蹤過，當時法國政府正不知花了多少秘密偵查費，以兩年的光陰才獲合浦珠還，據説是盜匪從盧佛美術館偷了去向政府勒索贖款的。這幸虧是以金錢為目的的盜匪，設若到了我的手中，也許不是金錢所能為力的了。」他也道出過痴迷蒙娜麗莎的內中原委：「佛洛伊德説達文西的這張畫，是對於他母親的追念，他從莫娜麗莎夫人的微笑中看出了他母親的微笑，所以才有這樣的成功。如果佛洛伊德的精神分析論可靠，那麼，早年喪母的我，也許從這幅畫上尋出同樣可寶貴的記憶了。」說來慚愧的是，我曾在盧浮宮享受過貴賓待遇，可以越過警戒線近距離欣賞蒙娜麗莎，那還是當時的法國最高行政法院索維院長做出的美意安排。當時我就想，這要是換作靈鳳先生，該有多好。

除去個人畫集之外，葉靈鳳對於西洋畫史和畫家傳記書翰一類的書籍也搜購甚巨，因為這類著述「頗能令人對古今美術進化衍變概況獲得一概念」。他還有一個從各類報刊上剪存美術資料的習慣，日積月累蔚成大觀。一九五三年黃永玉離港北返前，特意來他家，以漢磚「千秋萬歲」及六朝造像的拓片四幅，來交換他剪存的畢卡索素描。他的好友黃蒙田在他逝世後說：「沒有一個畫家像他擁有的中外畫集和美術參考書那樣豐富的。」所以很多喜歡書喜歡畫的人願意到他家裏來看書看畫，這當中既有畫家文人，更有港大等在校學習的學生，他不僅不以為煩，反而興致盎然。有一個歲夕的傍晚，他的好朋友苗秀、黃魯、黃茅，尊古齋潘氏弟兄，以及順記雪糕店主呂順，一起來他家拜年，少頃，鄭家鎮亦來，一同看新買的畫集。葉夫人特意炒了上海年糕，並以冷盆酒餚款客，至夜始散。黃永玉五十年代初居港那幾年，更是葉府的常客，有一天黃永玉說明午要來看書，並要求招待便飯。次日夫婦倆果然來了，又是看畫集，又是為孩子們影相，臨走還借去木刻等畫冊四本。

葉靈鳳曾經表白：「我一向是木刻愛好者。」所以他對西洋木刻和木刻史一類的圖籍更是情有獨鍾。他藏有一部英國木刻家道格拉斯·布利斯一九二八年出版的《世界木刻史》，「魯迅先生在編印《藝苑朝華》期間，曾在一篇文章裏提到了這部木刻史，加以推薦。因為在內容範圍來說，除了布利斯的這一部以外，實在找不到第二部。」長期以來，葉靈鳳一直想把這部木刻史翻譯出來，並且在五十年代初已經零星譯好四萬餘字，其中的《布萊克與近代英國木刻家》、《果庚與近代法國木刻》等章節，就已發表在他主編的《星島日報》附刊《藝苑》上。葉靈鳳認為，「能將全部譯好出版，亦一件值得的工作也。只是全書插圖很多，找人出版恐不易。然而布利斯的這部木刻史卻是這部門中僅有的一部歷史。可惜文字生澀，又加之外國語書名人名太多，頗不易譯」，「這樣一耽擱就是好幾年」。「然而這個願望始終是我捨不得放棄的願望之一」，到了一九六一年，葉靈鳳「又將已經譯成的舊稿找出來，整理一下，想再試試看」，但最終，這個願望就和他一直要寫一部比亞茲萊評傳的願望一樣，都成了再也實現不了的願望。更為可惜的是，這部殘稿今在何方，也成了一樁懸案。

輯三

細讀靈鳳書

《讀書隨筆》版本考

生活．讀書．新知三聯書店一九八八年推出三卷本葉靈鳳《讀書隨筆》，四方驚豔，風靡一時，葉靈鳳也由此被海內外讀書界公認為現代書話大家。這個版本，是由他的生前好友羅孚編選的，既收入葉靈鳳生前出版的幾種書話單行本，也選編了不少散見於香港報章的書話文字。在《讀書隨筆》、《文藝隨筆》、《北窗讀書錄》和《晚晴雜記》這幾個單行本中，唯獨《讀書隨筆》不是在香港出版，也唯獨它引發了一些有關出版時間的不同說法。

爭執的源頭出自三聯書店三卷本第一集卷首的書影，說明文字是：「讀書隨筆上海雜誌公司出版一九三六年．上海。」這個說法得到一些附和，比較有代表性的是馮亦代。他曾寫過一篇長文，表達閱讀三聯版《讀書隨筆》之後的莫大愉快，其中說：「《讀書隨

原版《讀書隨筆》

筆》曾於一九三六年由上海雜誌公司出版。我記得我曾購到一冊。」馮亦代年輕時就喜買創造社著述，戰時又曾在香港借居三年，與葉靈鳳頗有交集，他既然都「曾購到一冊」，不能不讓人相信。所以沿襲此說的文字就層出不窮，比如，方寬烈的《葉靈鳳年譜簡編》、袁勇麟的《「為書籍的一生」》等。

但馮亦代只是說「記得」，並沒有拿出一九三六年版的實物。陳子善為此查了好幾種圖書總書目，得出的結論是：「目前各方所見到的原版《讀書隨筆》都是同一種版本，都是一九四六年三月出版的。」而他本人所親見的那本，版權頁上也注明：「中華民國三十五年三月復興一版。」這個版本我也買來了，可以證明陳子善「此言不虛」，並且，那個封面也與三聯書店所謂「一九三六年版」的書影完全相同。問題可能就出在「復興一版」這幾個字，讓有些人望文生義，以為既然有「復興一版」，當然會有「復興」之前的版本。這就有必要考索一番出版單位上海雜誌公司的歷史。

上海雜誌公司的創辦人是張靜廬，這是一位資深出版家，且與葉靈鳳有着持久的交誼。他的出版生涯是從泰東圖書局起步的，這個書局以「創造社的搖籃」而名垂青史。雖然葉靈鳳沒能趕上這個完整的「搖籃」期，但也蹭了一段「末班車」，應該就在這時認識了張靜廬。而他從事的創造社的第一份工作——協助周全平編輯《洪水》半月刊，就與張靜廬密不可分了，原來那時張靜廬和泰東同事沈松泉（以及沈松泉的朋友盧芳）一起，自立門戶開辦了光華書局，創立之初主打的就是那份「有特殊風味的刊物」《洪水》。以後創造社雖然成立了自己的出版部，葉靈鳳他們也成了「出版部小夥計」，但與光華書局的關係卻非常密切。張靜廬在他的回憶錄《在出版界二十年》中對此曾有詳細敘述：

《幻洲》半月刊創刊號

「小夥計」們在大集團——創造社出版部——之外，另有小組織，叫「幻洲社」。以靈鳳全平為主編，委託光華書局替他們印行幻洲社小叢書，一式的三十六開本，毛邊而橫排，經靈鳳的設計，裝幀格式都非常美麗。這「小組織」的收入，是供給小夥計們自己的費用，和出版部無關。除幻洲社叢書外，另由靈鳳漢年合編一種《幻洲》半月刊，四十開的袖珍本，在中國人向來喜歡「大」的特性下，看到它是會有一種嬌小玲瓏的美感。

光華書局雖然是個小書局，但卻是第一家以文藝書為主打的書店。葉靈鳳的不少早期著作都是由光華出版，同時，光華書局的許多出版物都是由他設計，從而使光華打上了鮮明的葉靈鳳的烙印。但張靜廬似乎生性好動，不久又跟發了一筆小財的同鄉洪雪帆以及盧芳一起，創辦了另一家現代書局，葉靈鳳又成了它的編輯部主任，甚至可能是唯一的編輯。他主編的《現代小說》、《現代文藝》也是由現代書局出版。

但後來張靜廬被洪雪帆排擠出去，現代書局也隨着洪雪帆的早逝「由瘦弱而至死亡」。不服輸的張靜廬又創造了一個奇蹟——憑着僅有的二十元創辦費，掛牌成立了上海雜誌公司，這一天是一九三四年五月一日。甫一立足，他又邀請葉靈鳳創辦了《文藝畫報》，他說：「我也想從畫報來轉移讀者的視線」，「要從而提高它的水準」，「靈鳳主編《文藝畫報》，就想負起這任務」。

沒過幾年，上海淪陷，葉靈鳳隨《救亡日報》去了廣州，不久定居香港。張靜廬也離開上海，繞道浙贛路到漢口創辦上海雜誌公司的總店。他這部《在出版界二十年》，正是寫於一九三八年的漢口。在這部書中，並沒有提到為葉靈鳳出版《讀書隨筆》的事情。姜德明曾經寫過一篇〈關於「貝葉叢書」〉，提到張靜盧曾經計劃出一套「貝葉叢書」，並在一九三五年十一月上海雜誌公司出版的《書報展論》上刊出過第一輯的書目，當中包括葉靈鳳的一本《書魚閒話》，但據説「這個計劃當然很好，可惜未能完成」。這本「胎死腹中」的《書魚閒話》所收篇目應該跟《讀書隨筆》差不多，但略少，因為後者中的半數以上篇目也大抵作於那個時期。

此後，上海雜誌公司總店又從漢口遷往重慶，一直到抗戰勝利才遷回上海。一九四六年，張靜盧還「有意擬來港組織雜誌公司分店」，曾給葉靈鳳寫信討論此事，但葉靈鳳認為，「港方目前狀況，實不宜於任何文化事業」。據葉靈鳳一九四六年六月十五日日記説，張靜盧「現在漢口」。而《讀書隨筆》「復興一版」的出版時間則是該年的三月，版權頁上同時開列了上海、漢口、昆明三處發行所，未見得就是在上海印行。總之，無論這個「復興」指的是國難後國家的「復興」，還是上海雜誌公司的「復興」，都有可能，唯獨不可能是《讀書隨筆》舊版的「復興」。陳子善也是這麼認為的，他説：「所謂一九四六年三月『復興一版』，實際即初版，這與其他出版社，如商務印書館的『國難後第一版』意味着『國難前』尚有真正的初版本是有所不同的。」

陳子善還舉出葉靈鳳自己的一篇自述，說明「既然《讀書隨筆》書稿要到一九四一年底方始『整理完竣』，那就根本不存在此書在一九三六年就已出版的可能。」葉靈鳳那篇文章寫於一九四二年七月二十日，題目是《火線下的〈火線下〉》，記述的是「住在西區的我，當香港戰事爆發後，正如大多數的西區居民一樣，立即倉皇從西區避難到東區」的情形。文中寫道：

遺棄在西區的家，當炮火停止以後，萬里長征似的從跑馬地步行着回來一看，叨天之幸，房屋並沒有中炮彈，物質上似乎並沒有什麼損失，可是仔細一檢點，作為文人的我，所蒙受的意外損失可有點驚人了。由於鄰人的好意，我的架上的書籍《抗戰大事記》也罷，邱吉爾的言論集《汗血眼淚》也罷，凡是有點那個的，都不翼而飛了。而打開抽斗一看，從朋友往來的信件，以至個人的名片，未寫完的原稿，總之，凡是有字的東西，幾乎全都不見了。整理完竣的《讀書隨筆》原稿不見了，擱置了五年未能付印的《紫丁香》不見了，更使我吃驚的是，花了一年心血才譯了一半的巴比塞的《火線下》的原稿，每一個抽斗都找遍，也杳無影蹤了。

哪裏去了呢？鄰人笑嘻嘻地說，說是恐怕有人來查問時有點那個，有些給我燒了，有些來不及燒的都扔在後邊山溝裏了。

新近披露的《葉靈鳳日記》，也毫無爭議地證明《讀書隨筆》的書稿是在一九三六年之後從香港寄往上海的，而且，葉靈鳳本人也從來沒有收到過一九四六年「復興一版」之前的版本。一九四六年五月三日的日記是這樣說的：「昨日侶倫見告，書店有我的《讀書隨筆》出售。這是五年前交給上海雜誌公司的舊稿。將校樣從這裏寄往上海時，不久就發生戰爭，這許多年總不知究竟出版了沒。今天特地去買了一部，售價貴得嚇人，打了八折還要八元港幣。書後說是今年復興第一版，不知是新出的，還是出了多年我未見到。書中本有插圖，當時已將樣子一同寄去，但現在並沒有置入。」日記中所說的「五年前交給上海雜誌公司」，照寫作時間推算應該是一九四一年，很顯然，交稿時間都在一九三六年之後五年，不可能有所謂的一九三六年版。至於日記裏說，「將校樣從這裏寄往上海時，不久就發生戰爭」，應該指的是在一九四一年聖誕節香港淪陷前不久寄出。這樣一來，陳子善說「抗戰勝利後，《讀書隨筆》才由葉靈鳳重新整理，交其好友張靜廬所主持的曾經出版過《望舒詩稿》的上海雜誌公司正式出版」，就值得重新斟酌。

此外，一九四一年張靜廬和他的上海雜誌公司已經遷出上海，為什麼葉靈鳳說是「寄往上海」呢？也許是當時在上海還設有分店或者經銷所，這在同時期上海雜誌公司出版物的版權頁上是有過記載的。

總之，《讀書隨筆》作為葉靈鳳第一本書話單行本，意義是不言自明的。我也很贊同陳子善所説的，「借用『讀書隨筆』作為全書的書名，確實是一個合適的選擇」。這不僅是它的第一本書話集子，也是最能代表他此類文字的書名。我還要感慨的是，這樣一本小書的出書過程，也深深打上了時代的烙印，甚至浸染着戰爭的風雲。更有意義的是，這本書還將葉靈鳳一生兩個最重要的城市緊緊聯繫在一起。黃蒙田曾說：「葉靈鳳畢生生活的城市是兩個洋場：三十年代中期以前的舊上海和這以後的香港。」在他諸多著作中，產出過程能夠綿延這兩個洋場的，《讀書隨筆》怕是唯一的一本。

《讀書隨筆》被刪篇目

單行本《讀書隨筆》雖然被收進了三卷本《讀書隨筆》，但卻不是足本，有四篇文章被刪掉了，分別是〈紀德的《贋幣犯》〉、〈奧尼爾〉、〈魯丧有感〉和〈白楊〉。

〈紀德的．贋幣犯〉之被刪去，猜想是為了避免重複，因為在同一集所收入的《文藝隨筆》中，另有一篇〈《贋幣犯》和《贋幣犯日記》〉，但是對照讀下來卻發現，雖然話題有所重複，但內容卻絲毫也不重複。其實，葉靈鳳是很喜歡就一個話題、一本書、一個作家一寫再寫的，有的是不同時期的不同感悟，有的則屬同一時期所寫的帶有一些連續性的文字，寫報紙專欄文章最容易出現後一種情形。喜歡「寫了又寫」這一特點，小思也是捕捉到了的，並且深為理解：「葉靈鳳在幾十年內，把自己喜歡的作家、書刊、畫冊等，寫了又寫，驟眼看來，重複的題材甚多，但細加核對後，發現篇篇都稍有不同。這些『稍有不同』的地方，正是他對某書，先後一讀再讀後，觀念心情有所改變的表現。」

編輯《讀書隨筆》，羅孚無疑是有功於讀者的。但不能不說，在刪減篇目這一點上，他是有失輕率的，被刪去的這篇〈紀德的《贋幣犯》〉，不僅不是可有可無，甚至是不可或缺的。葉靈鳳在文章中稱許的《贋幣犯》「立體的綜合性的手法——『一切小說的形式：第一人稱，第三人稱，客觀的描寫，主觀的敘述，日記，書信，對話，都先後在這書中被應用着』——就曾經被他拿來在《時代姑娘》等連載小說中實驗，所以，這篇短文體現了他的重要的小說藝術觀，應當是研究他的小說創作的非常好的線索。

事實上，有不少研究者已經注意到紀德以及紀德的《贋幣犯》對葉靈鳳小說創作的深遠影響。楊義在〈葉靈鳳和他的浪漫抒情小說〉中指出：「在小說形式上，葉靈鳳是勇於探索、有所建樹的作家。他把萎靡思想、單調題材的鏡片紙屑，裝進靈活多姿的藝術形式萬花筒之中，使之五彩紛呈，不僅篇與篇之間形式各異，而且一篇之內角度頻換。他注意學習經典作家的名作……尤其對法國近代作家紀德在小說技巧上的大膽嘗試，更是心嚮往之。」他還說：「葉靈鳳說《贋幣犯》在形式方面『頗合我的私意』，並非虛言。他熱心於嘗試這種『立體的綜合的』表現手法。」他舉的例子就是葉靈鳳的長篇連載小說《時代姑娘》，他認為：「作者不斷調換攝照生活的角度，變換展開故事情節的手法，筆墨輕倩、靈活、跳躍，確是當時報紙副刊通俗小說的一種嘗試。」

《奧尼爾》這篇倒不存在重複問題，很可能是因為「有傷風化」沒通過審核。但在葉靈鳳介紹的世界名著中，比它「尺度」更大的也有沒被刪去的。所謂「有傷風化」，是葉靈鳳自己提到的，那一段文字是關於奧尼爾《榆樹下的欲望》的：

他的代表作該是《瓊斯王》，但我卻喜愛《榆樹下的欲望》。這是描寫一個年老的父親新娶了繼室，他的兒子為了這繼母要分潤他的家產，心中很不愉快。繼母也有野心，她知道自己生了兒子之後便可以將家產從前妻之子手中奪來，但丈夫太年老了，也許沒有生殖能力，便反過來誘惑前妻的兒子，兩人竟互相戀愛，而且真有孕生了孩子。父親不知道，很高興，預備將家產給這新生的兒子，這時前妻的兒子便向父親懺悔，並說他愛上了繼母，但父親卻說這是他後母的陰謀，並沒有愛情，不過藉以養兒子而已，因此這兒子又羞又憤。但繼母早已弄假成真，真心愛上了這兒子。她說當初的動機也許是陰謀，但現在已真正的愛他，為了要證實自己的話起見，她便將新生的兒子殺了，結果二人一同入獄。

劇情顯然有傷風化，所以在美國上演時很受攻擊，但將情感和欲望敢寫到這般強烈地步的，現代戲劇家中實只有奧尼爾一人有此魄力，有此才能，因此這劇本甚至被搬上了莫斯科的舞台。

雖然背過「有傷風化」的罵名，但尤金．奧尼爾顯然沒有被此罵倒。他不僅四次獲得普利策獎，還於一九三六年獲得諾貝爾文學獎，一九四六年更成為《時代》雜誌封面人物。他的《榆樹下的欲望》，前些年還被搬上了中國舞台。

相比之下，〈白楊〉倒是離「讀書」稍遠了一點。這篇文章，是從郭沫若寫康得的一篇小說說起，描繪作者書房窗前的幾棵白楊和遠方的兩棵雙生銀杏，雖然陳子善先生說它「文筆優美，寓意深刻」，但我讀來，總感到有幾分無病呻吟的意思，倒很像他的少作《白葉雜記》那種味道；而且，標題是「白楊」，寫着寫着卻寫到了「銀杏」，難免有些「離題」的意思。無論如何，即使比之其他篇目稍微弱些，也不差這麼一篇，非要破壞這本書的完整性。

最後一篇〈魯喪有感〉就有些敏感了。寫於魯迅喪禮之後不久，但主旨不是對魯迅辭世的哀悼，不是對魯迅功績的頌揚，而是對那些「結了幫」的自命「魯門總管」們「亂哄哄」的「辦革命喪事」的針砭。他説：「真正的痛悼着魯迅先生逝世的，只有他的家屬和少數的知友，以及許多純潔的渴望他的指導的青年讀者。但這些人是被當作貰器店裏的喪事儀仗一樣的在行列裏被利用了。」針對此文，陳子善曾經這樣評論：

魯迅生前不止一次「罵」過作者，此文恐難免失之偏頗之嫌。但作者指出「魯迅是一位樸實的文人，是一個始終和黑暗勢力搏鬥的戰士，『厭惡』躲在租界裏的『高等革命家』」，對魯迅喪儀染上了『名流』甚或『大出喪』的意味」不以為然等等，仍不無見地和獨到之處。

這觀點我是完全贊同的，但同時覺得，在三聯書店推出《讀書隨筆》那個年代，對魯迅還是存在幾分「神化」的，葉靈鳳又還籠罩在幾次被魯迅罵以及「漢奸文人」的陰影裏，在他初次隆重「亮相」的時候，刪去此文更是對他的保護。等到人們慢慢地對葉靈鳳有了一個全面瞭解，再讀此文也就不會有什麼「震驚」了。陳子善先生認為，「這四篇遺文各有特色，值得一讀，三聯版《讀書隨筆》失收是可惜了。因此，當最近上海文匯出版社約我編選《葉靈鳳別集》，在編入《讀書隨筆》時，我決定恢復初版本原貌，拾回這四篇遺文重新發表。」作為喜愛葉靈鳳書話的朋友，我們當然贊成，但也發現一個問題：文匯出版社出版的「葉靈鳳隨筆合集」雖然「拾回」了那四篇遺文，但也難稱「恢復初版本原貌」，因為這四篇文章之外的其他文章也有整段刪除的情況，而文匯版卻沿用了三聯書店的刪節版，而非上海雜誌公司的初版，比較典型的例子是〈回憶幻洲及其他〉。初版本中，此文共有七個自然段，而三聯版和文匯版都只有六段，刪去的最後一個自然段的內容是這樣的：

執筆近十年了，先後編過的刊物固然不少，然而因了編刊物而得罪的人卻更多。舉目一望，濟濟蹌蹌的文壇上，被我得罪過的人確實不少，這不是事，我還是聰明一點，奉一個老頭子為領袖，或是找幾個「文藝青年」結一個小幫口罷。

這段文字，與那篇〈魯喪有感〉是一個性質，當初刪掉它，正是基於同樣的考慮。但文匯版沒有與初版本核對，就等於沒有實現「恢復初版本原貌」的目的。

《香港方物志》成書記

葉靈鳳真正以香港人身份寫香港的第一本書是《香港方物志》，由香港中華書局於一九五八年初版。定居香港的前十年，葉靈鳳似乎一直抱有過客心態，「故鄉今夜思千里，雙鬢明朝又一年」，一九四七年舊曆除夕寫下的這一聯語，毋寧是他內心的真實寫照。一九四六年一月二日，他在日記中記下「計劃中今後擬寫的書」，依舊是「河山只在我夢縈」，長江、長城、黃河、泰山，才是他心中所念。他對香港本地史乘的關注，始見於一九四六年八月十一日的日記：「報載香港邊界因界石損壞，香港政府要求中國會同勘定邊界，擬乘這機會寫一篇關於九龍割讓和租借的論文。」由此可知，他對於香港史地的研究，從一開始就如小思所說，是「把自己生活所在——香港與祖國，作出了血緣不可分割的論斷」。

真正的催化劑是一個新生的副刊。一九四七年五月二十八日：「頌芳約談星島事，議定編輯週刊一種，系關於香港者，定名《香港史地》。」頌芳即沈頌芳，當時是葉靈鳳所供職的《星島日報》總編輯。這個週刊於同年六月五日創刊，葉靈鳳興致勃勃地為它擬定版頭，製作插圖，並在《發刊詞》裏充滿期待地說：「香港在種種方面都是一個值得研究充滿興趣的地方，不論你所注意的是國際問題也好，中英關係也好，歷史考古也好，甚至草木蟲魚也好，香港這地方都可以提供豐富的資料不使你失望。」不過他隨即發現，從第一期開始，「文章都要自己寫了」，因為一直到第六期出版，「外間來稿幾乎一篇沒有」，這在客觀上促使葉靈鳳投身相關研究，也印證了他在這一領域的拓荒者角色。

葉靈鳳曾在《香港史地》刊出他整理的《西文香港史地書錄解題》，這些文獻無疑給了他諸多參考；那一時期，他還買到淮德的《塞耳彭自然史》，雖然他說「此書遠不如其聲譽，尤其對於外國讀者」，但這本清新美麗的小書對於《香港方物誌》的誕生，無疑產生了重要的啟發作用。他專門寫過一篇〈淮德的《塞耳彭自然史》〉，將它熱情地介紹給讀者：

《塞耳彭自然史》是用書信體寫的，塞耳彭是倫敦西南五十里的一個小教區，作者淮德（Gilbert White）是當地的助理牧師。他愛好自然，喜歡觀察生物動態。因了職務清閒和生活安定，他便利用自己的閒暇從事這種心愛的自然觀察工作。他將自己觀察所得，大至氣候景物的變化，小至一隻不常見的小鳥的歌聲，一隻蝸牛生活的情形，都詳細的記下來，隨時向遠方的兩位研究生物學的專家朋友通信，一面向他們報告自己的觀察所得，一面向他們請教。

葉靈鳳認為，「淮德的個性，他的文筆以及在生物學上的成就」，「這三者對於這本書都是同樣重要的。缺少一樣，《塞耳彭自然史》將是一部普通的散文集或自然史，早已被人遺忘了」。為什麼兩百年來它「繼續不斷的為男女老幼所愛讀」？葉靈鳳對此也有非常生動的剖析，這些方面實際也成為他日後寫作《香港方物志》的密鑰：

這件事情看來很神秘，但原因也很簡單。第一，淮德不是有心要寫這本書的；他寫信的動機，完全是為了自己愛好，同時實在清閒，便將自己心愛的事情不厭瑣碎地告訴遠方另一些同好的朋友，因此這些信便寫得那麼親切自然可愛。同時，他研究生物，觀察自然，態度完全是業餘的。他從不曾將那些鳥獸蟲魚當作死的，被生物學家分門別類的標本來研究；它將它們當作是自己的鄰人，自己的朋友，或是偶然路過塞耳彭的一位過路客人（那是一隻偶然飛過的候鳥）來觀察，因此書中到處充滿了親切，同情和人情味，超越了時間和環境的限制，至今為人們所愛讀。

對他產生更加直接影響的另一本重要著作，則是香樂思（Geoffrey Alton Craig Herklots）的《野外香港》（*H.K.Countryside*）。香樂思曾任香港大學生物學教授，同時是一個自然愛好者，在這小島上消磨了二十年歲月，平時留意觀察，將耳聞目睹隨手作成箚記。日佔時期，他被關到赤柱集中營整整三年零八個月，即使在羈留期間，仍然堅持觀察鳥類動態，最終寫成一部傳世之作《香港的鳥》。葉靈鳳是一九五一年一月十四日在別發書店見到香樂思的《野外香港》的，無疑深受觸動，因為時隔三四天，他就在日記裏立志「以『草木蟲魚』為題，寫關於香港的小文」，並「着手搜集資料」。葉靈鳳自己後來在《序新版〈香港方物志〉》中回顧：

> 自己當時為了嘗試撰寫這樣以方物為題材的小品，曾經涉獵了不少有關

這方面的書籍，從方志、筆記、遊記，以至外人所寫的有關香港草木蟲魚的著作，來充實自己在這方面的知識，在資料的引用和取捨方面都是有所根據，一點也不敢貿然下筆的。

葉靈鳳所涉獵的書籍實在很雜，例如，一九五二年四月二十七日，他「買了一部廉價版的《無脊椎動物》，都是講水中軟體動物和昆蟲的」，他就從裏面發現了寫蜉蝣的內容——「他們的生命僅有一天，但自卵化為成蟲要費一年至三年的時間」，這些內容就用作了《香港方物志》裏那篇〈朝生暮死的蜉蝣〉的素材。遠在馬來亞檳城的友人溫梓川知他所好，也特意寄贈《馬來亞半島的鳥類》一冊。其實，葉靈鳳關注此類文獻，往上還可以推到一九四五年。那年的二月一日，他就在《香港日報．香港藝文》發表過一篇〈香港植物志〉，詳細譯述了蘇格蘭人法卿氏的著作《中國北部諸省漫遊三年紀》中有關香港植物分佈狀況的描寫。

總之，經過一段時期的準備，葉靈鳳於一九五一年五月二十五日，「開始以『草木蟲魚』為題，寫香港的自然界短文」。第一篇是《香港的蝴蝶》，以葉林豐筆名發表在《星島日報．星座》。正式在報紙開起專欄，則是在一九五三年，是應了劉芃如的邀請。葉氏在一九五二年十二月二十五日的日記中説：「芃如約為《大公報》的副刊《大公園》寫一有關香港草木蟲魚的連載。」次年一月二十一日的日記又説：「自元旦起，開始在《大公報》的《大公園》寫《太平山方物志》，記本港的鳥獸蟲魚和人情風俗，每天約一千字。」由報紙的影印件可知，作者署名「南村」，香樂思為《野外香港》手繪的插圖，有不少也被拿來裝飾了版面。對於葉靈鳳與香樂思的關係，翻譯過香氏這部不朽之作（譯名為《野外香港歲時記》）的彭玉文曾説過這樣的話：

香樂思寫此書以歐美人士為讀者，斷想不到，最會欣賞此書，並把本書原著發揚光大的一位讀者，是從上海南來的「新感覺」、「都市派」、「浪漫唯美」的作家葉靈鳳。葉靈鳳把《野外香港》很多內容都轉化，以至節譯在他的傳世之作《香港方物志》中。《香港方物志》於一九五〇年代在香港初版，直到二〇一一年仍有新版，內地亦有多個版本，把西方自然文學的實證傳統，作為營養，注入中國草木蟲魚小品，一改感慨多觀察少，無病呻吟、缺乏生動真實的細節、堆砌概念之舊貌，使讀者驚豔。

《香港方物志》出版考

葉靈鳳日記自一九五四年至一九六二年這一段是中斷沒有的，此間《香港方物志》的出版經過就不好考索。目前見到的「香港一版」，出版日期是「一九五八年十一月」，出版者是「中華書局股份有限公司」，封面採灰綠色做底，白色美術字書名置於頂端，作者名下是一幀圓形木刻畫，畫的是港島的太平山以及山下的維多利亞港灣。這本書首次採用了「葉林豐」的筆名，封面署「葉林豐著」，扉頁署「葉林豐」，版權頁則署「編者葉林豐」。內文繁體橫排，卷首有作者作於「一九五六，七，十二，香港」的「前記」，全文如下：

這些短文，都是在一九五三年的一年間，陸陸續續在香港大公報的副刊上發表的。這不是純粹的科學小品文，也不是文藝散文。這是我的一種嘗試，我將當地的鳥獸蟲魚和若干掌故風俗，運用着自己的一點貧弱的自然科學知識和民俗學知識，將它們與祖國方面和這有關的種種配合起來，這裏面有科學也有傳說，用散文隨筆的形式寫成了這樣每篇千字左右的短文。

在報上發表時，讀者的反應還不錯，這才使我現在有勇氣將它們加以整理，保存下來。

葉靈鳳說「讀者的反應還不錯」是有根據的，香港學人區惠本就曾說：「這本書是用的文藝筆法，寫科學小品，不時又指正傳說的錯誤，迷信的害人，他寫來輕鬆活潑，令人喜讀，銷路奇佳。」香港散文家和美術批評家黃蒙田說：「不知道別人的看法怎樣，我很喜歡這本集子裏所寫和香港自然風物有關的文章……文章寫得平易可親而言之有物，就像對朋友娓娓而談那樣毫不做作。」香港資深報人羅孚說：「《香港方物志》之能吸引人，不僅在於它告訴你許許多多香港自然界的豐富知識，也在於它提供了一篇又一篇可讀性很高的美好的散文。」香港歷史博物館前總館長丁新豹則說：「葉林豐還有一本《香港方物志》，那是香港同類書籍的鼻祖了，其書涉獵花鳥蟲魚、飛禽走獸，以至風土習俗，充分反映了作者學識之廣博龐雜。」

中華書局版《香港方物志》在一九六五年有過再版，但似乎並沒有通知葉靈鳳，也沒有送樣書，一直到一九六七年三月十九日他才知道這事，這天的日記說：「柳木下見告《香港方物志》已有了再版本，有便當到中華書局去買幾冊。」柳木下是很有特色的一位詩人，葉靈鳳主編的《星島日報．星座》為他編發過不少詩作，五十年代他也曾出版詩集《海天集》。但他一生窮困潦倒，一度還住過精神病院，寫不出詩來的時候只好靠着販書過活，平日沒少向葉靈鳳報告書市動態。葉靈鳳買來了再版《香港方物志》，但顯然對這一版不甚滿意，因此就有了一九七三年的新版。

新版《香港方物志》改由香港上海書局出版，繁體豎排，封面是黃色，九龍沿海島嶼地圖作了反白的暗紋，墨綠的底色上是反白的隸書體書名和作者名。書前增加二十四面銅版紙印的圖片，除了班遜《香港植物志》書影，還有木刻家唐英偉所繪老鼠斑標本、英人測繪的第一幅香港地圖，更有作者珍藏的清嘉慶《新安縣誌》相關圖版。葉靈鳳的忘年交區惠本曾在〈葉靈鳳與香港史地的研究〉一文中對於這些插圖的深意特別做了強調：

由於他的癖好，葉老所藏有關香港書籍，特別豐富，其中有中文、英文，有葡文。他的最得意的藏書就是一部清朝嘉慶年間的《新安縣志》。在近年新版的《香港方物志》中，第一幅插圖就是清嘉慶《新安縣誌》所載九龍沿海島嶼地圖，第二幅插圖就是《新安縣誌》卷三《物產志》書影一頁，以上並特別標出「作者藏」的字樣，可見他對藏有這個海外孤本的欣悅之情，真是躍然紙上了。

葉靈鳳在卷首的《序新版〈香港方物志〉》中，詳細敘說了新舊版本之異同：

這本《香港方物志》，是在十多年前，在偶然的機會下寫成的。從輯集成書到出版，這中間頗經過了一些周折，而且擱置了好幾年，因此排印出版以後，若不是無意中從報上見到廣告，作為作者的我，一直還不知道自己的書已經出版了。

十多年來，本書還不曾被人忘記，而且還繼續有新的讀者，這倒是作者深引以為自慰的，但他也明白這裏面的原因，主要的乃是由於有關香港史地知識的出版物，實在太缺乏了，尤其是關於方物的記載，在十多年前簡直是一片空白，因此我的這本小書，就無可避免地填補了這空虛。……

可惜初版本書出版時，作者未曾有機會親自校閱，本來應該附有若干插圖的，也未及附入，這樣倏忽之間已經過了十多年，自己一直引以為歉。這次改由上海書局出版，承他們給我改訂的機會，將內容略作修正和刪改，並增加了一些新的材料，以便能配合時代的進展，同時更按照原定計劃，附入若干插圖，使本書能以新的面目與讀者相見。

此一序文的落款時間是一九七〇年新春，版權頁上的再版時間卻是一九七三年十一月，由此又可看出在香港出一本書之不易。事實上，再版《香港方物志》的動議早在一九六九年歲梢就已有了，那時節，他的《北窗讀書錄》剛由香港上海書局出版，又因眼疾停了在《成報》的小說連載，少了一份固定的收入，於是「擬整理舊稿為單行本，以此暫時來彌補」，並且「託黃茅向上海書局詢問可否每月整理單行本，交彼等出版，每月固定支稿費若干（約四百元）」。一九六九年十二月二十六日，葉靈鳳在日記中寫道：「約趙克及黃茅在陸海通飯店晚飯，以書目一份交趙。他閱後無甚異議，可以按每月交五萬字左右取四百元計劃進行，並謂第一次可先整理《香港方物志》。」上海書局是香港一家舉足輕重的出版機構，趙克正是書局的總編輯。羅隼曾在《香港文化腳印二集》

中詳述這家書局在香港的落腳與壯大：

國共內戰重燃，許多文化人避白色恐怖，紛紛南下香港，這時星洲上海書局兩位老闆派方志勇先生來香港請宋雲彬先生為主編，網羅得著名作家、學者葉聖陶、孫起孟、吳研因、陳君葆……組織成現代課本編輯委員會。編成國語、算術、常識、自然、公民、尺牘、地理、歷史……連各科教學法百多冊，於一九五〇年出版。由於這套小學課本是戰後新編，又是海內外著名學人編審，內容新穎，適合時代進展，因此得到香港及海外僑校採用，一紙風行。香港上海書局也正式註冊成立，資本十萬大元，那時十萬元可買千尺樓一幢。

發行課本賺了錢，便成立了雜書編輯部，由趙克兄主持，配合課本出版參考教材、兒童讀物及雜書。在幾年內人力由兩三人增加到十幾二十人。

上海書局答應將《香港方物志》再版，大大激發了葉靈鳳的熱情，連續多日都在為修訂和插圖的事忙碌。一九六九年十二月二十九日：「購再版本《香港方物志》四冊，將其中兩冊拆開供修改用，並擬配以插圖若干。」一九七〇年一月三日：「着手整理《香港方物志》，集中過去所寫的有關香港自然的稿件，作為修改的根據，又擬定要用的插圖項目。」一九七〇年一月二十六日：「上午繼續將《香港方物志》全部修改完竣。下午三時往上海書局晤趙克，交出稿件，取得稿費八百八十元。尚有插圖容日內另交。」

至於新版修訂的內容，細處我並未逐字比對，僅從篇目看，新版在《禾蟲和禾蟲癮》之後，刪掉了一篇〈禾蟲食譜和詩話〉，但仔細檢校初版的內文，發現此題只出現於目錄當中，正文並沒有，料想是將兩篇內容並作了一篇，但目錄卻沒有改正過來。新版我是一九九三年在紐約華埠冷攤得來，價錢並不比一本新書賣得貴。此後，北京三聯書店出版過簡體字版，香港則推出了好幾種新的版本，二〇一七年，香港的中和出版有限公司和北京的商務印書館相繼推出開本豪華的彩圖版和珍藏版，將《香港方物志》的裝幀水準提高到了一個新的高度。摩挲這些新的版本，我不禁想起香港民俗學家陳雲說過的一句話：「葉靈鳳先生的《香港方物志》，年少一代未經其事，固然要看，年長、年老的一代，更加要看，此書趣味盎然。」《香港方物志》已經創造了在一代又一代讀者之間代代相傳的奇觀。

為什麼要講《香江舊事》？

絲韋也即羅孚，不僅替葉靈鳳選編了三卷本《讀書隨筆》，還在稍後又為他選編了三本香港掌故，分別是《香港的失落》、《香海浮沉錄》和《香島滄桑錄》，時在一九八九年，出版方是中華書局（香港）有限公司。那是三本非常小巧可人的書，類似日本的「文庫本」。一九九三年我負笈紐約的時候在唐人街書肆意外撞見，興奮之情難以言表。絲韋還為這三本書寫了一篇序，裏邊有這樣一段話：

他曾經打算把寫香港早年失落的那些文字合為一集，出版一本《英帝國主義侵佔香港史話》或《英國侵佔香港史話》，但這個心願並未實現。現在得償所願，已經是他去世十三四年以後的事。在他生前，只出過《張保仔的傳說和真相》這一本。

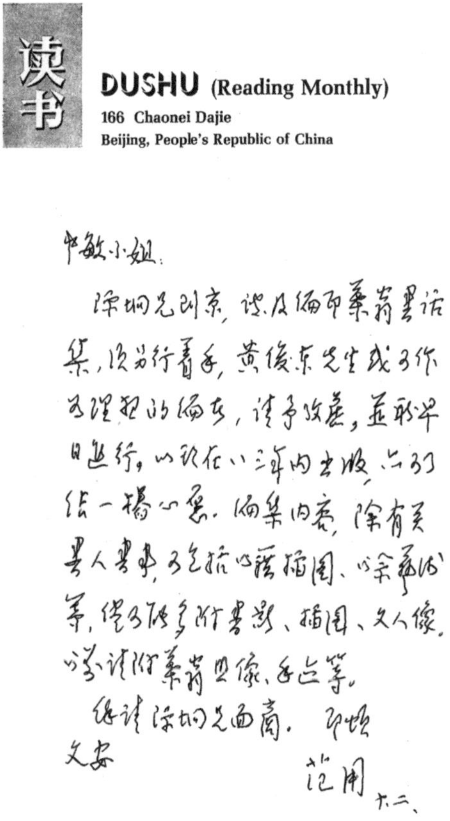
读书
DUSHU (Reading Monthly)
166 Chaonei Dajie
Beijing, People's Republic of China

中敏小姐：

陈炯先生到京，谈及编印叶灵凤书话集，须另行着手，黄俊东先生或可作为理想的编者，请予致意，并祈早日进行，以期在一二年内出版，亦可了结一桩心愿。编集内容，除有关书人书事，可包括收藏插图、序言等，但可酌多附书影、插图、文人像，以及请附叶灵凤照像、手迹等。

统请陈炯先生面商。即颂
文安

范用 六二、

| 范用當年寫給葉中敏的信函手跡

這段話卻是不太符合事實的。有關香港掌故的文字，葉靈鳳生前並非「只出過《張保仔的傳説和真相》這一本」，此外還有一本《香江舊事》，恰恰就是擬議中的「英國侵佔香港史話」，只不過太難找見了。在紐約的時候，我就在哥倫比亞大學東亞圖書館的書目中檢索到了，後來還到哥大的舊書庫搜尋，可惜始終未曾得見真容。不僅是我，就是三聯書店的老闆范用，在編輯《讀書隨筆》期間也曾致信葉靈鳳的女兒葉中敏，稱：「葉翁的作品（在香港出版的），此間大多已找到，惟缺《香江舊事》一書，能否賜寄一冊？或請複印一份寄下，至盼！」葉中敏手邊恐怕也不一定有此書，她為中華書局（香港）有限公司二〇一一年出版的「葉靈鳳香港史系列」所寫的〈葉靈鳳生平簡介〉，就沒有在「生前主要著作」中列出這一種。我是在好多年後終於找到此書的，雖然花了不少錢，但也算了卻了一樁多年的心願。後來買到三卷本的《葉靈鳳日記》，細細爬梳，也有幸解開了圍繞本書出版的諸多謎團。

香港淪陷之前那幾年，葉靈鳳和大批南來文人一樣，心心念念的只是「王師北定中原日」，香港只是作為一個臨時據點而已。日本佔領香港的三年零八個月，他用曲筆抒發的依舊是故國之思：「燕子來了的時候，他自會將我們的消息帶給海外的友人，帶給遠方的故國。」他對香港的感受是:「雖然在這裏過了六七個春天,我始終覺得自己仍是一個陌生人」。他之開始「融入香港」,是在香港光復以後,就像黃蒙田所說:「四十年代中期以後,靈鳳興趣的一部分轉移到對於香港史地的研究——更確切地說是鴉片戰爭歷史和一八四一年二月二十六日為分界的前後的香港歷史。」慕容羽軍寫過一篇〈葉靈鳳融入香港〉,也是把香港史地研究作為他融入香港的標誌。他是這樣說的:

說到葉靈鳳之「融入香港」,表現得最積極的,就是他把香港長期流傳下來的傳說,做了根源上的考證,矯正了傳說的訛誤,並且發揚了香港特點,這一系列的工作,他做得十分認真而確實,他從英國人的著作拿來印證香港的傳說,既糾正了港人以意為之的謬誤,亦根據實際情況,矯正了外國人未實未盡的誤解,可以說,他所作的努力,對香港文化,作了很實在的貢獻。

葉靈鳳有意識地進行香港史地研究,直接的契機是他在一九五一年應聘為《星島日報》主編一個《香港史地》副刊,正如他自己所說:一直到第六期出版,「外間來稿幾乎一篇沒有」,全要仰賴他自己捉刀。他大量地撰寫此類文章,也不只是為了填充自己的版面，「領地」還拓展到了其他報章。區惠本在〈葉靈鳳與香港史地的研究〉一文就說過：「葉靈鳳研究香港史地，一向用『葉林豐』一名，在報紙發表文章，筆名更多，早年他在星島日報『星座版』，用『林豐』一名，長期撰寫『香港拾零』，又在《天天日報》，用『秋郎』一名，發表『香港海異乘』，此外很多報刊談香港方物風土的專欄，雖然用了種種的筆名，但明眼的讀者，一看就知是葉老的作品。」

絲韋在《香港的失落．序》中，梳理得更為詳細：

三十多年中，他在報刊上寫了許多香港掌故的文字，用葉林豐的筆名寫了《香港史話》、《新界史話》、《香海拾零》、《香海叢談》、《香海舊聞》，用秋郎的筆名寫了《香海異乘》，用香客的筆名寫了《香海浮沉錄》，用龍隱的筆名寫了《香江溫故錄》，用南村的筆名寫了《太平廣記》、《太平山方物志》。最後一種雖說是方物志，卻也有掌故文章。用霜崖的筆名寫的《爐峰新語》，在一般的隨筆中，也夾雜有不少寫掌故的文字。總起來，恐怕是在百萬言以上的。

這百萬言以上的掌故文字涉獵極廣，但他最為着力的，還是有關香港失落的史實。

他在一九四五年八月十一日日記中的一條記事，非常強烈地釋放了這一信號：「報載香港邊界因界石損壞，香港政府要求中國會同勘定邊界，擬乘這機會寫一篇關於九龍割讓和租借的論文。」可以這麼說，葉靈鳳之關注香港史地，就是起始於「英國侵佔香港史」這個專題。黃蒙田認為：「當時用中國文字寫的這方面著作幾乎等於空白，如果說有站在中國人立場較為有系統地把這一時期的歷史真實加以整理填補了這塊空白的，是靈鳳這方面的著作。」

可惜的是，「這方面的著作」一直散見於不同的報章，遲遲沒有成為真正的「著作」。其實，將此類文章出版單行本，早在一九五三年即有出版社邀約，但葉靈鳳不願給他們，因為那是「自由」分子的出版機構。關於這事，葉靈鳳一九五三年一月二十四日日記有記載：「晚間應邀去參加胡春冰的生日會。座中有徐訏等，多是『自由』分子，只好聊陪末座而已。他們要我將《香港史話》在大公書局出版，但我對這書局不感到興趣。」胡春冰早年曾任《中央日報》總編輯，一九四九年前後流亡來港，屬於「自由」分子無疑。至於大公書局，則是拿美元津貼的。羅隼在《「大公書局」首創〈我的日記〉》中曾說：「五十年代後期，香港文化界出現反共陣線，以『自由』為旗號，可以拿到一些美元津貼，大公書局便印行一些反共的文學作品，爭取津貼……」這樣的書局，葉靈鳳肯定「不感到興趣」；即使感興趣，那些露骨地揭露「英國侵佔香港」的文字也未必能在他們那裏過關。

這樣說並非空穴來風，當年有關文字見諸報端的時候，就因為犯忌而時常惹出事端。例如，葉靈鳳給《新晚報》寫了一篇〈鴉片快船〉，系介紹一九三三年英國出版的巴席爾．魯布波克的同名著作（*The Opium Clippers*）。文章說：「本書系記載十九世紀初年，輪船未盛行以前，從歐洲及印度往來中國沿海從事貿易活動的商船情形的，這些商船大都是以風帆行駛的快船，所運來的貨物又多以鴉片為主，故名為『鴉片快船』。這種鴉片快船最初停泊在零丁洋，後來便集中到香港。」可是文章刊出來時，不僅文字刪了許多，題目也給改成了〈港海的快船〉。由此可見，對於港英來說，就連「鴉片」這個字眼都是犯忌的。港英當局的報紙審查制度很嚴，出版界因此噤若寒蟬，「他們怕得罪香港政府」，只好這麼辦了。

在此之前，還有一次犯忌的事情，後果是葉靈鳳主編的《星島日報．香港史地》都被要求停刊。那是一九四八年的事情，葉靈鳳日後回憶說：「晚間清理多年前所編的《香港史地》，共出版了四十多期。……由於九龍城問題，被華民署授意報館要停刊的。我刊了一些慨詠九龍城被強入拆屋的舊詩，其中有『英夷』字眼。港方因表示不滿。」為什麼「九龍城」不能觸及？是因為「九龍城寨一向由中國行使管轄權」，具體來講，「九龍成為租借地之後，九龍城城內治權仍由清朝保留，清朝官員仍像過去一樣，仍舊駐紮城內，繼續行使治權」，但港府並不甘心於此，一直處心積慮地「蓄意製造」糾紛，更在二戰結束之後挑起了「九龍城被強入拆屋」的事端。關於此事，葉靈鳳在《九龍城寨的主權問題》中是這樣描述的：

> 一九四七年和一九四八年，港府曾公然侵入九龍城，拆毀城內大批民居，又撕下當時城內居民所懸掛的國旗，侵犯了中國主權。港府對於城內居民的抗議，更出動軍警，血腥鎮壓，以致激起了一場極大的風波。結果廣州沙面的英領館被搗毀，英旗被焚。港府懾於中國民情激昂，輿論沸騰，才逐漸縮手，不敢再硬幹下去。

葉靈鳳刊出的那組舊詩〈九龍城即事〉，就是對此一事件的聲討，其中崔鳳朋那首還使用了「英夷」字眼，詩的全文是：「頹垣敗瓦苦斯民，太息英夷辣手伸，顧我空拳思衛土，有人挾刃說親鄰，佔巢鳩鳥難相喻，毀室鴟鴞足與倫，弱國外交惟一牒，不須催淚淚沾巾。」在港英治下直呼「英夷」，難怪當局光火，勒令停刊自然不在話下。

在這樣一種管制環境下，要想出一本全面考證「英帝國主義侵佔香港」的史話，更無異於「痴心妄想」。

一直到一九六七年機會才終於出現。這一年，香港爆發了反英抗暴的「五月風暴」。羅孚在《〈海光文藝〉和〈文藝世紀〉》一文中說：「『文革』對香港是有了很大的衝擊的，最大的衝擊就是一九六七年的『五月風暴』。左派報紙當時的新聞說得誇張些就只剩兩條：要聞是『文化大革命』，港聞是『反英抗暴』。」葉靈鳳在這一時期也表現得興奮異常，心中對於港英殖民統治的憤恨猶如堆積多年的乾柴，遇火便熊熊燃燒。我們從風暴剛剛刮起時的一則日記，可以體會他的心態，這一天是一九六七年五月十一日：

今日下午，九龍新蒲崗工廠區員警與罷工工人和慰勞者，發生大衝突，員警曾用催淚彈和木彈槍，事後據說有九十多人被捕，九龍局部在晚間宣布戒嚴。

這一次，港英真要搬起石頭砸自己的腳了。

寫《磨刀頌》，——敵人已經磨刀了，因此我們也要磨刀。

這些天裏，「港府壓迫行動愈來愈甚，我方沉靜以待，大有山雨欲來風滿樓之勢」。葉靈鳳日日關注局勢發展，「心緒不寧」，除了「寫有關時局多篇，其他許多計劃都只好暫時擱置了」。他不僅為中新社撰寫〈有毛主席為我們撐腰〉這樣的文稿，還有很多「都是揭發港英侵略中國史實為題材」，其中，「〈英艦紫石英號挨揍記〉，在《新晚報》連載了十日，《人民日報》的社論也提起了此事，轉載者甚多」。在另外一篇〈港英如芒在背的問題〉的結尾，葉靈鳳這樣寫道：

因此，「我自巍然不動」，不論是文鬥、武鬥、長鬥，齊鬥，都是港英必敗，我們必勝的。

說實話，這種口氣是頗有幾分「文革」風格的。在〈港英曾兩次從香港下旗撤退〉中，他甚至直接把「毛澤東思想」搬了出來：「已經兩次了，會不會再有第三次呢？膽敢與七億中國人民為敵，膽敢向毛澤東思想挑戰的港英，眼看上天無路，入地無門的日子就要來到，根本談不到什麼撤退不撤退了。」

可以說，葉靈鳳的「左」，葉靈鳳的「紅」，在「文革」特別是「五月風暴」中有一個大爆發。如果說他真的如人所說是北京的「臥底」，那麼這個時候就等於從隱蔽戰線跳到了前台。但葉靈鳳絕對不是通過喊口號逞一時之勇，他的史話篇篇都是嚴謹的學術考證，只不過在字裏行間浸透了感情色彩。關於其學術性，嶺南大學歷史系副教授劉智鵬就說過：「葉靈鳳的文章字數不多，卻參考了大量史料，並且經常在有限的空間裏反覆論證。這些文章已經超出了掌故的水平，進入了歷史筆記的範圍。」

丁新豹在為《香港的失落》寫的導讀中也說：「《香港的失落》所收入的文章，便引用了大量史料……即使在今天，知悉這些資料的讀者仍不多。他更著有專文介紹這些外文書籍，給有意鑽研香港史的讀者作參考。」丁新豹所說的「專文」，大概是指那一組《香港書錄》。這不僅是香港史地研究的副產品，也是非常重要的基礎工作。葉靈鳳說：「這許多年以來，我一直在留意鴉片戰爭歷史和香港百年來受殖民統治的過程，過去的一些有關這些課題的出版物，差不多都涉獵過了。」一九六九年一月十三日的日記則記述了他對於資料搜集的孜孜矻矻：「燈下翻閱穆倫都爾夫的《中國書目》，此系一八七六年出版者，現在已很難得，其中關於香港部分，有《中國文庫》，各期所載有關香港文字。有暇當設法往香港大學圖書館借閱所藏《中國文庫》，因我自己所藏的不全。全套該二十卷，我只有九卷。」

至於「字裏行間浸透了感情色彩」，那也正是葉靈鳳的獨到之處。正如丁新豹所說的：「葉氏的文章短小精悍，文筆潑辣，絕不沉悶；另一方面，葉先生原是作家，並不是歷史學家，他愛恨分明，反英反殖民統治的立場十分鮮明，尤其部分文章完稿於中英關係緊張、極左思潮氾濫的六十年代晚期，有時未免流於主觀、片面，但整體來說仍不失其可讀性。」總體來說，即使是那些感情色彩較濃的文字，也還不至於流於「感情用事」，而是「言之有理」的，例如，他在〈港英如芒在背的問題〉中對於香港回歸的判斷，就頗具前瞻性，說其料事如神也不為過：

自從新中國成立後，英帝國主義就看出他在中國歷年所投的侵略賭注已經完蛋，同時香港前途也早已被注定，因為新中國隨時都有理由，而且也有力量宣布收回。當時英國忽然率先表示「承認」新中國，就是這只國際上有名的老狐狸所耍的手段，希望借此來苟延殘喘。……它們十分明白，新中國無須動用武力，只要用一紙通知，或是一個電話，說要提前收回九龍新界租借地，香港就立時要變成「皮之不存，毛將焉附」了。到那時候，什麼南約北約理民府，什麼鄉議局鄉議會，什麼白皮番狗黃皮番狗，就一起要平地一聲雷，立時一起成為喪家之犬了。

葉靈鳳的女兒葉中敏曾經轉述過夏衍的一段話：「在葉靈鳳逝世後，其生前好友夏衍先生說，葉靈鳳一生最重要的成就是有關香港歷史掌故的工作。其有關著述為國家其後一九九七年收回香港也提供了重要的參考依據。」這是知人之論，也正是葉靈鳳所期待的結果。

但在七十年代的香港，葉靈鳳的苦心未必都能得到人們的理解和認同。遠的不說，就是一貫跟他過從甚密，恨不得三天兩頭餐聚郊遊的報壇怪傑三蘇（即高雄），也突然毫無徵兆地疏遠起來。葉靈鳳一九六九年二月二十三日日記說：「今晚《成報》請春茗，見高雄夫婦，彼此拱手恭喜，自去年起，彼此皆停止往來拜年了。」很多年之後，甚至《葉靈鳳日記》的特約編輯許迪鏘都對葉靈鳳此一時期的表現不甚苟同，表示「本來一百分，我就扣他三五分吧。」不過，許迪鏘倒真是一個解人，他對葉靈鳳的一段深層次剖析，道出了常人所未嘗道，恰恰符合我一直以來一個隱隱約約的感覺：

近日有位學者列舉日佔期間先生頗「露骨」的挺日文字，認為他是真心投敵。白紙黑字，固不容隱諱，縱觀《日記》中的言論，我有另一個想法。先生由始至終就對英殖民者切齒痛恨，日人把英人趕走，實現所謂「大東亞共榮」，他未必完全反感。這也解釋了六七暴動期間，他對「反英抗暴」的同情，以至在「遍地菠蘿」乃至兩姊弟給炸死的記事中，我覺得很有點冷漠。但事情發展下來，可以看出，他是有所懷疑和反省的，展現一位有感情和思想的知識分子應有的秉持。

盧瑋鑾很欣喜許迪鏘通過編輯《葉靈鳳日記》得到「新的認知」，她希望不必糾結葉靈鳳的真實身份究竟是何，而要把他「作為一個『人』去看」，她說：「在眾多不同立場材料出現以後，我漸漸覺得他是一個很執着、很敏感、很自我的文化人，在糅合現代、浪漫的人生裏，他愛恨分明，從頭到尾都憎惡英國的殖民統治方式，這也是中國人應有的態度。」嶺南大學歷史系副教授劉智鵬也敏銳地捕捉到葉靈鳳的這一心機：「葉靈鳳觀察歷史的時候，往往帶有文人的靈銳觸覺，可以從一般人忽視的現象中看出獨特的歷史意義。因此，他有時候也不免以文人的心思對待歷史。他對英國人佔領香港這段歷史有相當強烈的反應，認為這是一件『煞風景』的事情，並且特別為此事寫了一篇題為〈大笪地的痛心史〉的文章。事實上香港人生於斯長於斯，大多數人對割讓香港並沒有特別的感覺。葉靈鳳對百多年前發生的事情產生鮮活的共鳴，是南來文人從中華民族的大歷史視野中對香港所表達的關懷。」

接下來我們就該探秘《香江舊事》的出書過程了。首先是要有願意買的「買家」，這個買家是香港上海書局，但在一開始，選題並不是專門指向「侵佔香港史話」。葉靈鳳在一九六七年八月二十七日日記中説：「上海書局轉來意見，擬將《霜紅室隨筆》分集出單行本。」但葉靈鳳首先整理的，卻是「有關香港各稿」，一九六七年八月二十九日説：「剪貼《霜紅室隨筆》有關香港各稿，以便交上海書局整理出版。昨日已與趙克在電話中接洽過了。」一九六七年九月二十八日又説：「下午三時往上海書局晤趙克，交《霜紅室隨筆》十餘萬字與彼，因他們曾表示想出版，而且指定要有關港澳時局者。」由此也可看出，上海書局趙克並非被動，雙方可以說是一拍即合的。

接下來的問題是書名。葉靈鳳一九六七年十月二十四日的日記說：「上海書局趙克送回前要去的《霜紅室隨筆》，有關香港部分者，都是最近新寫與眼前局勢有關者。他選取了約七萬字，擬出單行本。今日送回來聽取我意見，我擬略加修改，以『霜崖』或『葉林豊』名字出版。書名在擬議中，還不能決定。這本書略有系統地敘述香港被侵佔的經過。」到一九六七年十一月一日，葉靈鳳便有了書名的設想：「整理上海書局交回的稿件，寫了一篇短序，擬取名為《英國侵佔香港史話》。」而且此後的日記中一直使用這個書名，例如，一九六七年十一月二日：「上午整理《英國侵佔中國史話》。下午三時往晤上海書局趙克，交出此稿。尚有錦田吉慶圍抗暴故事未編入，擬重寫一篇新的。」但最終，書名卻有變。葉靈鳳一九六八年二月的日記說：「《香江舊事》出版。原名《英國侵略港九史話》，後改今名。」為什麼改名？聯想起我們前面說過的「鴉片快船」和「英夷」事件，就不難理解。更何況，在「六七暴動」期間，大批左派文化人士遭拘捕下獄，這樣一本「揭老底」的書能夠順利出版，已是奇觀。

與此相關的是封面設計。按照葉靈鳳的設想，封面會是非常刺激的。一九六七年十二月十一日，葉靈鳳在日記裏説：「趙克來電話，《英國主義侵略香港史話》已付排，囑找一張封面畫送去。」一九六七年十二月十二日：「選定圖片三種，可作《港英侵略香港史話》封面，供他們去挑選。我以為描摹英軍掠奪醜態的漫畫最適合，未知他們的意見以為如何。」但最後成書的封面，卻是一幅老照片，封面的説明文字是：「九龍城龍津碼頭舊貌（即今日啟德機場附近）。」猜想也是為了低調起見。不過，即使只是一張舊風景照，本身也是富含深意的。葉靈鳳在〈九龍城寨的主權問題〉中説到了這個碼頭：

當港英強迫清廷簽訂所謂「展拓香港界址」專條時，當時九龍城內，有居民六十四戶，共有四百六十多人，據説多數是以泥小販和務農為業的。「專條」上明白規定，城內的這些居民，仍由清政府官員管理，並且「議定仍留附近九龍城原舊碼頭一座，以便中國兵商各船渡艇，任便來往停泊，且便城內官民任便行走。」這座碼頭，稱為龍津碼頭，有一條大路，由九龍城直通海濱，稱為龍津大道。這些區域，已被劃入今日的啟德機場範圍之內了，但是仍有不少舊日的照片可以查考。

最後是出版社的問題。根據葉靈鳳日記記載，接洽此書出版的，一直是香港上海書局，但書上署的卻是「香港益群出版社出版」。原來以為是臨陣換社，後來讀到羅琅的文章，才恍然大悟：原來益群出版社是香港上海書局的副牌。羅琅在《香港文化記憶》一書中說：「上海書局旗下的主要出版社包括中流出版社、南星書局、大中書局、日新書店、文教出版社，還有『副牌』如宏業、進修、益群等，各有自己的出版重點。」二〇一四年八月二十二日他還口述說：「為方便向南洋外銷出版書刊，上海書局有多間不同名出版社，益群出版社即其中一家，在香港並無向華民政務司署登記註冊。」既無登記註冊，也便少了些審查之虞。

香港歷史博物館前總館長丁新豹曾說：「細算起來，我接觸香港歷史，可能是從霜崖的《香江舊事》開始。那時的中學歷史課程到鴉片戰爭前便告一段落，要瞭解英國掠奪香港的經過，及開埠初年的管治，便需倚賴課本以外的書籍。我便是通過這本書對這個當時相當敏感的課題獲知一二，所以說《香江舊事》是我認識香港歷史的啟蒙書籍。」這本薄薄的小書，就是這麼重要。

南國紅豆最相思

繼《新雨集》、《新綠集》之後，葉靈鳳他們又推出了一本《紅豆集》，一九六二年三月由香港新綠出版社出版。看到這個書名，立刻想到的是王維的《相思》：「紅豆生南國，春來發幾枝。願君多採擷，此物最相思。」客居南天一角的葉靈鳳們，相思又是為誰？當然是祖國。在為《紅豆集》寫的序中，葉靈鳳坦承：「參加構成這一本小書的六個作者，包括我自己在內，無論是坐在工作室內，或是跋涉在千里之外的旅途上，在執筆的時候，我們都是面對着自己可愛的國家，面對着海外無數的文藝愛好者的。集名『紅豆』，就是表示凝結在這裏面的這一點微意。」在稍後發表於《新晚報》的《自題〈紅豆集〉》中，葉靈鳳又談到這個書名：

《紅豆集》的名字，不僅很風雅，而且還很香豔，也不知最初是誰提出來的，大家都沒有異議，便這麼採用了。可是這個書名卻苦了為我們設計封面的新綠出版社的那位小姐，聽說她易稿再四，才選定了目前所取用的這一幅，褐黃色果實上的那些原紅色的小點，想必就是「此物最相思」的紅豆了。

六個作者中，半數在《新雨集》亮過相，葉靈鳳之外，還有阮朗和夏果。作為小說家的阮朗，這次卻貢獻了一組遊記文字，題曰〈海南島之旅〉。「寫的不僅全是海南島，而且着重這幾年以來海外歸僑在祖國最南端這個大島上為自己開闢的新天地。」夏果「是詩人，也是畫家」，他的一輯〈生活的鮮花〉，「寫的自然都是有關藝術和日常生活情趣的」。夏果也是搞封面設計的，輯中有一篇〈書籍的封面設計〉，說的都是行話。同樣是行家的葉靈鳳說：他「對於新中國這幾年新出版物的裝幀和封面設計所下的評語，不僅十分中肯，而且有他自己獨到的見解」。這些獨到的見解之一，便是強調：「唯其是民族形式的，也就使人更可親的了。」

黃蒙田和高旅是首次加盟，只不過黃蒙田用了戴文斯的筆名。葉靈鳳也很喜歡他那一輯〈讀畫偶記〉，他在序中說：「作者不只是一個藝術愛好者，他自己就是畫家，因此在他談到朋友們的那些作品時，就顯得更加親切撫愛。因為如魚飲水，冷暖自知，他是能體會到那些作品的產生過程的。」黃蒙田的許多朋友也都是葉靈鳳的朋友，但黃蒙田一直未曾離開過美術圈，交遊似乎也更廣，有關畫人畫事的書出了好多種。高旅比葉靈鳳小了差不多一輪，但出道很早，輾轉過不少地方從事抗日救亡宣傳工作。五十年代初被派來香港，擔任《文匯報》主筆，也負責過副刊。他出版最多的主要是小說，尤其是歷史小說，但他也寫文史小品，葉靈鳳說他「是有一點歷史癖和考古癖的」，這次收入《紅豆集》的〈枕戈小集〉，就有這種特色，但我似乎更愛讀那一篇回憶舊事的〈聽猿記〉。

最後的一位若望，卻是一個非常陌生的名字。我查了很多資料，也沒搞清楚他是誰。只好求助香港的友人，最後是香港中華書局總編輯總經理侯明先生幫我解決了難題。經張詠梅教授查證，羅孚先生曾於一九九四年十一月五日口述：若望是黃兆均的筆名。黃兆均一九二〇年出生於廣東順德，畢業於香港皇仁書院，是個名副其實的「書院仔」。一九四一年日軍佔領香港後，他到內地從事新聞工作，一九四八年《大公報》在港復刊，他受聘南歸。《新晚報》創刊後，他又擔任採訪部主任，並和葉靈鳳、梁羽生、王季友等人一起在「下午茶座」寫專欄。張茅發表於二〇一八年七月二十九日香港《大公報．大公園》的〈「怪論」妙筆黃兆均〉一文說，上個世紀五十年代開始，香港報紙副刊盛行「怪話」，最厲害的兩支健筆，一個是三蘇，一個是無牌議員，無牌議員就是黃兆均。以一種俏皮的「三及第」文字，諷刺時弊，揮斥方遒。不過，他持來加盟《紅豆集》的文章，倒不是這種「三及第」文體的「怪論」，而是清麗雋永的遊記《瑞士風物》。一九六一年，他曾以《新晚報》記者身份，前往採訪十三國外長出席的解決老撾問題的日內瓦會議，這組〈瑞士風物〉，就是這次日內瓦之行的副產品。

若望那次日內瓦之行的副產品不止這一組遊記，在一九六一年出版的第一百〇三期《新中華畫報》上，還用四頁的篇幅刊出他的專題攝影〈漫步萊蒙湖濱〉，這裏的署名就用了黃兆均的本名。這組攝影應該很有一些史料價值，因為不僅有日內瓦的自然人文風光，更有這次外長會議的會址外景和會議場景，由其中一幅可以分辨出，出席會議的中國代表團團長正是當時的外長陳毅。黃兆均說：「我是有意乘工餘之暇，到瑞士各地走走的。」旅遊詢問處的一位瑞士老太太極力推薦到薩馬特小鎮看雪山，於是就有了這次遠足，也有了一篇圖文並茂的〈瑞士雪山行〉，發表在稍後出版的《新中華畫報》第一百〇六期上。我讀着這篇有趣的遊記，不禁聯想着好多年前我那次日內瓦之行，以及遠眺雪山的情形，有趣的是，我那次也是出席一個國際會議。同時也在內心發笑：要不是香港友人的指點，我即使讀到這些文字，也不會知道黃兆均與若望的關係。

其實，若望的筆名問題並非個案，在香港，幾乎所有文人都會有幾個不同的筆名，有時會搞得撲朔迷離，讓人難以分辨。葉靈鳳一生也用過許多筆名，香港時期筆名更多，其背後的原因，張詠梅在《葉靈鳳日記》的〈編後記〉中曾有分析：一來是方便「為立場風格各異的報刊供稿」，二來「可能是他當編輯時為了填滿版面和賺取稿費，只好用不同筆名在同一版面上發表文章」。在《紅豆集》裏，葉靈鳳用的筆名便是「霜崖」，他還在序文中專門「揭露」了這一筆名的秘密：

《紅豆集》最末一輯是〈霜紅室隨筆〉。我要在這裏揭露一個已經不是秘密的「秘密」：這一輯零碎的小文章都是我自己的。那個筆名已經用了多年，許多人都已經知道，但是也許還有人不知道，我覺得在這裏加以隱瞞是不該的。因為這篇小序寫得雖然不好，但是這裏面並沒有一句假話，我若是不指出這件事情，就未免對不起讀者了。

「霜崖」之外，葉靈鳳香港時期用得最多的筆名便是「葉林豐」了。他還向人解釋過這個名字的含義，香港作家慕容羽軍就將這次談話記錄了下來。在《開路問路——慕容羽軍香港文學評論集》中，是這樣說的：

一次，我曾問他，為何不用葉靈鳳的名字發表文章，而用諧音的「林豐」？他忽然笑了起來說：「你相信風水嗎？」我搖頭說：「我懂風水，但不相信風水。難道你用這筆名與風水有關？」

他又笑了，他說：「如果信風水，一定說我用這筆名與風水有關，因為樹林豐茂才枝繁葉蒼，是不是？」

「如果不用風水角度呢？」

「你真行，」他蹺起拇指說我：「我正要從這個角度去解說，你想過『鳳棲梧』是『棲』在『梧』的哪一部位？」

「哈，我明白了，」我說：「鳳不可能棲在梧的葉子之上，是不是？」

「所以，」他重重地拍了我的肩膀，說：「必需林木豐茂，才襯托得起靈鳳與葉的兼美。」

聽了葉老這番妙論，令我也樂了半天。

慕容羽軍小葉靈鳳二十歲，廣州人，少年時即參加對日作戰戰地服務，進出湘桂戰場，戰後從事新聞工作。五十年代南來香港，做過《東海畫報》等雜誌的總編輯，既寫過小說、隨筆，也從事文學研究和評論。我淘來了他的小說《海濱姑娘》，以及香港文學論集《看路開路》，但有一本《為文學作證》，一直難找。他有一篇〈葉靈鳳融入香港〉，頗有影響，以他葉靈鳳「忘年交」的視角，寫出了不少知人之論。不過，就葉老的這一番話而言，在我看來不過是即興笑談罷了，由「靈鳳」而「林豐」，更多的是一種心境的變化——「齒白唇紅」的「慘綠少年」已成往事，所謂「結束鉛華歸少作，屏除絲竹入中年」是也。後來，乾脆連「林豐」也覺着稚嫩了，這又用起了「霜崖」。在報端寫「霜紅室隨筆」時用它，出版《北窗讀書錄》和《香江舊事》時也是用它。以「霜崖」之名寫《霜紅室隨筆》，說「香江舊事」，真的是絕配，讓人想起「停車坐愛楓林晚，霜葉紅於二月花」，他也果真出版了一本《晚晴雜記》。

不僅是筆名一個比一個沖淡，他自己的性格也是一天比一天厚重。香港作家劉以鬯在〈記葉靈鳳〉中，就為我們描繪了一個深受尊重的「契爺」的形象：

在《星島日報》編輯《星座》時，給同事們的印象是一位厚重的長者。有些對新文學不感興趣的同事，不但不知道他是「創造社」的老作家，而且不知道他對中國新文學史曾經做過貢獻。縱然如此，葉靈鳳在報館工作時，很受同事們的尊敬。同事們多數將他喚作「契爺」。

《北窗讀書錄》出版前後

《北窗讀書錄》是葉靈鳳的又一本書話集子，一九六九年由香港上海書局出版，是「現代文叢」之一種，封面、扉頁和封底都有這個文叢的標記。關於「現代文叢」，羅隼在〈羅隼短調．竹林深處人家〉中曾經有所介紹：「這套文叢應該是較早出版香港作家文叢之一，版本的意念來自『企鵝叢書』和台灣的『文星叢書』，每本十萬字之內，一共出了幾十本，包括的內容甚廣。」有趣的是，羅隼在另一篇〈「南苑」與「北窗」〉中還談到了有關《北窗讀書錄》書名的趣事：

我曾於一九六五年印了一本文史小品，書名《北窗夜鈔》，因家有窗向北，而該本書中小文都在北窗下寫成，就取了這個名。葉先生家大概也有北窗，因此一九七〇年由上海書局出版一書，收在「現代文叢」中，名《北窗讀書錄》，

北窗書桌前的葉靈鳳

我的書同他的書都用北窗，後來他發現我用在先，特地請源克平兄來向我致歉，並贈送該書一冊。雖然我用名在先，但我自然不敢同葉先生去同用一名，掠他之美。香港居屋坐山面海都向北，夜裏都在窗下，用方向作名的甚多。

更有趣的是，葉靈鳳也為羅烺（羅隼）的這本書寫了一篇讀書隨筆，篇名叫〈夜讀．北窗夜鈔〉，發表在一九六七年三月十一日的《新晚報》，文中直接回應了「北窗」問題：

雖然夜已深了，好在我一向是「慣於長夜過春時」的，這裏也正是北窗，羅烺先生「夜鈔」，我便在這裏讀了起來。

葉靈鳳還寫道：

徐益壽先生的《文史隨筆》，主要的是取材於前人的筆記小說。羅烺先生的這本《北窗夜鈔》，卻大部分取材於正史，是一部讀史隨筆。我一向只喜歡讀野史，很少接近正史，因此對書中所發揮的那些論題，我的興趣都比較小。只有那些談到近代歷史人物和地方掌故傳說的，……對我來說才比較熟悉。

這一好惡我是同樣擁有的。很早就關注到香港一位叫吳其敏的作家，他的好幾本文史隨筆，像什麼《坐井集》、《文史小箚》、《望翠軒讀書隨筆》，我都買來了，可都是只愛「書皮兒」不愛「瓤兒」，因為裏面寫的都是武則天曹操那些年代的「死人」；而他那本《園邊葉》，我卻是愛不釋手，讀了再讀，因為寫的都是現代文壇的人物掌故。羅烺是在香港出版界摸爬滾打出來的「實幹家」，寫《北窗夜鈔》的時候，應該還在積累期，所以翻翻古書，做做夜鈔，也很正常。到了晚年，見的人經的事多了，文風大變，一連寫下好幾本香港文壇掌故，像《香港文化腳印》、《香港文化腳印二集》、《香港文化記憶》、《羅隼短調》等，說的都是葉靈鳳他們那一輩香港文化人的舊事，不獨我非常喜歡，就是葉先生見了，肯定也會歡喜不置。

葉靈鳳拿到《北窗讀書錄》樣書的時候，已經是歲尾了，一九六九年十二月十九日，他在日記中記下這樣一筆：「隨筆集《北窗讀書錄》，已由上海書局於上月出版。」雖然只有簡單一句話，但他心中分明是開心的，第二天，就將樣書分送給他的幾位鐵桿追隨者。十二月二十日的日記是這樣寫的：

> 下午三時，到紅寶石餐廳晤黃俊東、劉一波，他與太太同來。區惠本已入《明報》工作，因無暇未來。以《北窗讀書錄》分贈各人，至五時許始散。

從行文的口吻分析，這個會晤應該是葉靈鳳主動召集的，主要的目的恐怕就是分享他的新書。他提到的劉一波，本來是在理髮店工作的青年，因為愛好新文藝，自己幾個人創辦了一個小刊物，取名《新作品》。他所供職的「立克爾」理髮店就在葉家對面，當他打聽出住在對面的就是大名鼎鼎的葉靈鳳，就和另一位愛好文藝的舒姓同事登門拜訪。葉靈鳳一九六七年四月二日日記對此有記載：「態度都很誠懇，因談了一些文藝創作的修養問題。勸他們不要騖新，不要貪巧，一定要腳踏實地地去學習。」他還感慨：「在理髮這一行中有這樣愛好文藝的青年，實在是難得的。」後來成為香港書話重鎮的黃俊東，也是通過劉一波牽線搭橋，第一次造訪葉府的，這一天是一九六八年七月七日，七月六日的葉靈鳳日記記載：「劉一波（文藝青年曾在理髮店工作，辦過文藝小刊物）來電話，謂將在明天下午三時半偕黃俊東來訪。黃亦系以前相識者，兩人現皆在《明報月刊》工作。」次日見面的情形則是：「黃俊東、劉一波來，並有一女子，系劉之女友。黃帶來一些我的舊作，如《紅的天使》、《鳩綠媚》、《時代姑娘》之類，還有一冊《幻洲》。自然不免談了一些過去文壇的舊事。黃為人談吐倒還坦白。三時許來，七時始去，贈以《文藝隨筆》、《香江舊事》各一冊。」黃俊東是香港本地最為繼承葉靈鳳衣缽的一個，他的《書話集》和《獵書小記》被炒成了天價，葉靈鳳簽贈他的那本《香江舊事》，很多年後也在拍賣會上高價拍出。

幾天之後，葉靈鳳還贈送一冊《北窗讀書錄》給一位給他看病的眼科醫生，「因他曾向我談起從杜甫的詩中看出杜甫晚年也有眼疾」。那一時期，葉靈鳳頗為眼疾困擾，以至於擔心會不會失明，他在日記中說：「父親晚年在杭州也雙目失明，大姊近年也有一隻眼失明。我家對於視力似有不好的遺傳。」視力對他的的影響還是很大的，日記停了好幾個月，「讀書和寫作也很少」，甚至為《成報》寫了十五年的連載小說《紅毛聊齋》，「也覺得有點倦了，趁這休養目力的機會停了也罷」。「不寫《成報》小說，每月少了四百元收入」，這對於子女眾多的葉家來說不是小事，因此葉靈鳳才「擬整理舊稿為單行本，以此暫時來彌補」。有此之念，主要因素固然是因了不擬再寫《成報》小說，但《北窗讀書錄》的出版顯然也給了他一些激勵作用，正是在拿到新書的這一天，他立下了這志向。

《北窗讀書錄》最初是應大光書局之約而整理的，葉靈鳳一九六九年五月二十二日日記說：「晚在燈下整理《隨筆》稿，選出可編成一輯者約七十餘篇，擬編成一集。此系應陳凡之約，系大光書局擬出版者。」陳凡是《大公報》副總編輯，與金庸、梁羽生合寫《三劍樓隨筆》的那個，他跟葉靈鳳似乎比較談得來，一九六七年他為《大公報》編輯大型畫冊《我們必勝！港英必敗！》，葉靈鳳為他提供了不少圖片資料；葉靈鳳暮年讀的最後一套大書，就是他寄贈的《藝林叢錄》。一九七四年二月十六日這天的日記記錄了這溫暖一幕：

天暖。陳凡寄來《藝林叢錄》已出者全部共九冊，一至九集。喜出望外，作書謝之，初以為僅能得最近出版之八九集，不料竟能獲全豹也。

燈下翻閱一過，不覺忘倦。

至於大光書局，據羅隼在《香港文化腳印二集》介紹，正名應是大光出版社，它的前身是學文書店，「當年他們出版的東西，重點宣傳中國的過去光輝，地大物博，以激勵海外中華兒女的民族感情。不久『學文書店』名字，被英國殖民統治下的星洲政府宣布禁止其出版物入口。當年香港出版物東南亞是最大市場，因此學文書店除了小心出版物內容外，便改用『大光出版社』名義出版。」《大公報》自己的文宗出版社是學文書店的股東之一，陳凡自己也以徐克弱筆名在大光出版社出過書，所以他替大光向葉靈鳳組稿

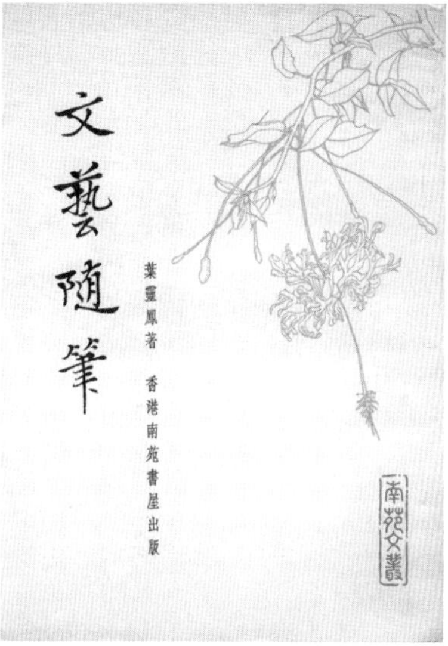

六十年代的《文藝隨筆》

就不稀奇。

誰知次日就改變了編輯思路，葉靈鳳日記云：「晚間整理《隨筆》稿，又想改變計劃，以全部讀書錄一類的短文輯成一冊，擬取名《北窗讀書錄》。」這不免讓人想起他早年在《書魚消夏錄》中說的一段話：「對於我，書是一個無言的伴侶。用着慘淡的心血換來的報酬，我都花費在書上。從每一冊書上，我都可以隱遁我的靈魂。」又想起他的老友黃蒙田說過的一段話：「認識或不認識靈鳳的人對於他擁有的藏書之多和方面之廣表示很羨慕。我相信，靈鳳畢生勞動所得，除了家庭的必要開支以外，全部都『投資』到書籍上，甚至在他來說，家庭和書籍二者更重要的是後者。」他也寫下大量讀書筆記，可惜只在四十年代出版過一冊《讀書隨筆》，六十年代出版過一冊《文藝隨筆》，所以當又有了一個難得的出書機會，一個像他這樣的愛書家，肯定會做出這樣一個選題。

一九六九年六月十五日，他完成《北窗讀書錄》的整理，「都是讀書隨筆，共七十篇」。到了七月十二日，接到黃茅電話，「謂見有我的《北窗讀書錄》的出版預告廣告，但未說明在何處所見」。葉靈鳳很迫切地「翻閱今日各報」，但「皆不見」廣告的影子。七月十七日，陳凡來電話才說清了原委：「謂《北窗讀書錄》給了上海書局，為《現代文藝》的一冊，囑我另選輯一集《隨筆》給大光書局。」葉靈鳳這才明白，「日前黃茅所説者即指此，事實上他只見了廣告的稿樣」。《北窗讀書錄》最終由上海書局出版了，但他與大光出版社似乎終生沒有結緣。

《張保仔的傳說和真相》

一九七〇年十月，葉靈鳳還出版過一本小書《張保仔的傳說和真相》。這本書，出得晚，開筆寫卻不晚，一寫就寫了二十多年。他的忘年交區惠本，很清楚這個漫長而不易的寫作過程，他曾說：「這本書包括了十五篇考證張保仔事蹟的文字，都是葉老二十多年來不斷從方志、筆記、史書、詩集、奏稿以及外國人著作中仔細考證寫成。」葉靈鳳自己在《後記》中也是首先強調了這一點：

這本小書，字數雖然不多，但是寫作所經歷的時間卻很長。其中的大部分，雖是近年所寫，但是有幾篇，如〈外人筆下的張保仔〉、〈張保仔與澳門〉等篇，第一次使用這些材料所完成的初稿，都是二十多年前的事了。

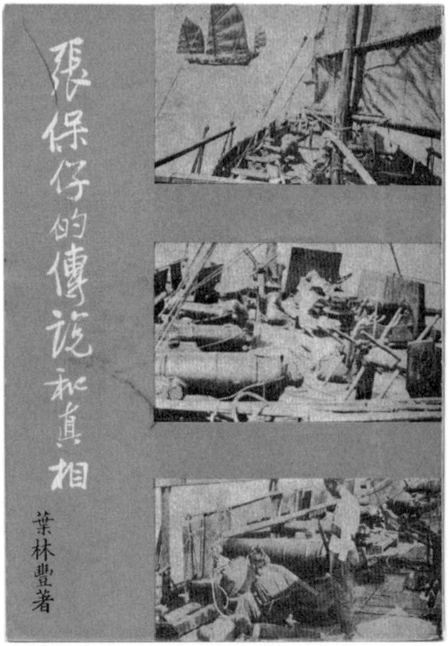

《張保仔的傳説和真相》

張保仔的名字確實很早就出現在葉靈鳳筆下了。一九五二年一月七日的日記説：「午後往訪陳君葆談《國風》事，並往港大英文圖書館借閱紐曼氏的《中國海盜史》，其中有張保仔之材料頗多，但與《中國文庫》所引用者亦大同小異。紐曼此書系譯自中文，原書名《靖海氛記》，出版於道光十年，作者為袁某，系順德進士。未知什麼地方能找到這原書也。」《國風》是「紅色會督」何明華提議創辦的一份月刊，由葉靈鳳主編，第一期在一九五〇年十二月十五日出版，不過由於經費問題，後續難以為繼。從第一期內容來看，此時的葉靈鳳已有意識地增加「在地」色彩，文字方面有鄭籌伯的《香港青年應有之道德理想》，圖版方面亦有黃永玉的速寫《香港風情》。更重要的是，他已悄悄開始香港史地資料的尋訪。而且，由日記中這段話可知，他對於張保仔的研究已經進行了一段時間，相關資料已經接觸了不少。

區惠本曾說：「中國人以學術論文方式撰寫香港考古文章的，以許地山為第一人。」「許地山在港時，葉靈鳳與之時有過從，估計葉氏研究香港考古、史地，也始於此時。不久許地山逝世，就由葉靈鳳一人獨擔大柱了。」說「時有過從」是一點不誇張的，一九三九年三月，中華全國文藝界抗敵協會香港分會成立，許地山、葉靈鳳同時當選九名幹事之一，可以說是並肩作戰，相濡以沫。只可惜許地山不幸於一九四一年八月四日英年早逝，他們沒能就香港史地研究做更多的交流分享。一九四九年十月十九日，葉靈鳳曾到香港大學，看許地山存在圖書館的遺書，他所着意的，恐怕正是有關香港史地的特藏。

選擇張保仔作研究對象，無疑是一個有趣的小切口。在香港，張保仔可是個響噹噹的名字，流傳着許多關於他的傳說。傳說，這位大海盜，巢穴就在香港島，島上留有不少他的遺跡。比如，西營盤和東營盤，據說就是他所設的軍營；一些離島以及港島赤柱的天后廟，不僅具有祀奉的功能，也被他的部屬用作哨站，天后廟神案下還有地道出海；港島半山有張保仔古道，傳說是為逃避官兵追捕而修；又謂其出海打劫所獲財物，分藏於塔門洲、長洲、南丫島及港島春坎角等地山洞，被人們稱作張保仔洞。

張保仔不僅為香港華人故老相傳，外國人也對這個傳奇人物很感興趣。書中插圖有一幅英文版《張保仔之洞》（*The Cave of Cheung Po Tsai*）的書影，葉靈鳳說，這本書就是在此地任教職的丁格氏（Tingay）所寫的一本《金銀島》式的冒險小說，講的正是到長洲張保仔洞去尋寶的故事。不過葉靈鳳發現，「香港人喜談張保仔，但大都傳聞多於事實」，「除了因襲地沿用一些流傳已久的不可靠的傳說故事以外，從不肯認真地就這有趣的課題去發掘新的較為可靠的資料」；外人的著述，雖然不乏親歷者的口述，但也「照例不免有曲解和誇張之處」。因此，他「決定對他的真相史實做一點勾稽工作，藉以澄清那些所謂『故老相傳』的故事」。

為了研究張保仔，葉靈鳳在文獻方面可說是上窮碧落下黃泉，例如，一九六八年十二月十二日日記說：「燈下讀樊昆吾的《南海百詠續編》，在『招安亭』條下，無意發現有關張保仔資料一則。甚難得，原來此亭即當時兩廣總督百齡為受降張保仔，特地建築的。他書未見記載過。」很多鮮為人知的洋文資料也給它挖來了，《中國文庫》就是一個例子，葉靈鳳在〈中國書目提要和香港〉一文中提到過它，「是當時專門譯載有關清朝研究資料的英文月刊，創刊於一八三二年（清道光十二年），一八五一年停刊，一共出版了二十卷。最初是在廣州出版的，在鴉片戰爭期中曾移到澳門出版」。友人也多襄助，例如，一九五二年三月十八日，「馬鑒寄來有關張保仔資料一則，系錄自《金壺七墨》者，記張投誠以後事。」

但他並非只是「搬字過紙，摘錄資料做『抄手文章』」，羅孚說：「他是做了細緻的考證工夫的。」黃蒙田也說：「考證這個海盜一生的歷史，到目前為止還沒有第二個人像靈鳳那樣下過一番苦功。」功夫不負有心人，他的研究考證確實對這個向來「故老相傳」的神奇故事起了澄清作用，成為「一件很有意思的破除人云亦云，以訛傳訛的好例子。」「譬如說，香港和離島有許多張保仔洞，這只是後人穿鑿附會的傳說，事實上這些小洞也未免小覷了張保仔，此人當年是擁有千艘以上武裝帆船和集眾兩萬多人的江洋大盜，他真正的根據地是在形勢險要的大嶼山，這許多張保仔洞實在和他無關。更重要的一點是，張保仔並不是一個和官兵在海上奮戰到底的傳奇式『英雄』，而是一個投降主義者。一八一〇年他向粵督百齡投降並被封『官至三品』，這就是張保仔的真實形象。」

《張保仔的傳説和真相》並非一蹴而就，而是經歷了一個日積月累，聚沙成塔的過程。一九五一年，《星島周報》創刊，葉靈鳳是編委之一，在這年的十二月三日，「寫《張保仔事蹟考》，系給《週報》」，「共寫了三千六百字」，「因篇幅關係，許多材料未能盡量引用」。一九五三年一月二十五日的日記説：「《天下畫報》的劉君打電話來，要我寫一篇關於張保仔的故事，約五千字，配以圖片。因為覺得可以借這機會整理一下張保仔的資料，便答應下來了。」《天下畫報》的創辦者應是陳畸，曾是葉靈鳳在《星島日報》的同事，正是他，在一九八〇年將伴隨葉靈鳳退休即告停刊的《星座》恢復出版。一九五二年十一月二十七日日記又記：「陳畸等籌備出版《天下畫報》，來約寫有關香港的文字。」打電話的「劉君」應是該刊的編輯人劉捷，這個名字見於《天下畫報》的版權頁。

轉眼到了一九六七年，又「續寫《張保仔的故事》」，三月二十日的日記説：「可以寫成五六萬字出一單行本，為本地人口中所慣說的這個大海盜傳說做一總結，材料可算不少，只是始終不能讀到當時兩廣總督為了記功所編撰的《靖海氛記》，僅從各縣誌所引讀到一小部分。」這次的續寫是為了在《晶報》連載，不想卻鬧出了一場不愉快，二十七日的日記是這樣說的：「為《晶報》寫《張保仔故事》。本擬寫兩個多月，然後整理出版單行本。僅寫了一個月，他們要求一定要在月底結束，謂學術性太強云云。甚不快。」

《晶報》創刊於一九五六年五月五日，陳霞子任社長兼總編輯。葉靈鳳日記中記與他的交往只有一次，見於一九六八年四月二十三日日記：「晚應費彝民之邀，到《大公報》晚餐。一桌同席有陳霞子及李自誦等。菜系東興樓特製，甚精。」《晶報》因為「學術性太強」而腰斬《張保仔故事》，其實並不稀奇，因為他們這張報紙，正是將讀者對象定位於「屐板階層即今天的草根階層」。魯穆在〈記「三及第」文章宗師陳霞子〉一文中說：「《晶報》在開辦時賣『斗零』一份，這是為了吸引低下層的讀者。他選用了『三及第』文體的社論，也是為了適應這階層的讀者。『三及第』這個名也是他起的。」其實，《晶報》謂葉氏文章「學術性太強」，從一個角度看似是貶低，從另一個角度看則不啻是肯定，充其量是投錯了地方。

這樣，出單行本的機會一直到了一九七〇年才有，也還是要感謝香港上海書局的趙克，肯將這書和《香港方物志》、《晚晴雜記》一攬子出版。這年三月二十四日開始，葉靈鳳連續幾天都在整理稿件。雖然他自嘲「為稻粱謀也」，但內心是頗有些「敝帚自珍」的，認為「有一些考證頗能推翻了一般的傳說」，所以不光文字方面字斟句酌，就連插圖和封面設計都格外用心。三月二十六日：「整理舊資料，要找兩幅有關張保仔的圖片，遍尋不獲。」三月二十八日：「又檢出方志中有關張保仔的記載，交中敏帶往報館一同攝影。」三月二十九日：「中敏拿去報館託映之照片已全部交回，成績極好，令人滿意。」四月六日午後，親往上海書局晤趙克，交出了《張保仔》稿件，還跟他商議了封面事。

小書做得還算精緻，葉靈鳳提供的照片，印在了卷首十面銅版紙上，封面也用了三幅。天藍色的底色下，豎排着白色手寫體的書名。我收到的這本，竟是香港大藏書家方寬烈的舊藏，品相極佳。書名頁鈐有印章兩枚，一是「方氏寬烈」，一是「梅荷雙清閣」。方先生在世時選編過一冊《葉靈鳳作品評論集》，亦曾關注到拙著《葉靈鳳傳》，他要九泉之下得知他的舊藏歸入寒齋，想必也會認為得其所哉。

《晚晴雜記》的另一種讀法

晚年葉靈鳳用得較多的筆名是霜崖，與此配套的是報紙專欄「霜紅室隨筆」。這個專欄寫了很久，「文字數量驚人」（陳子善語）。三聯書店三卷本《讀書隨筆》的第二卷，整整一本都是以《霜紅室隨筆》為題。但與《讀書隨筆》、《文藝隨筆》、《北窗讀書錄》有所不同，葉氏生前並沒有出版過叫作《霜紅室隨筆》的單行本。正像香港學者張詠梅說的，「單是為《新晚報》副刊寫的專欄《霜紅室隨筆》就有大量佚文尚未結集」。至於陳子善為海豚書館編輯的那本小書，不過是借用這個名字而已，屬於「拾遺補闕性質的」。按照陳子善先生的説法，是從《新雨集》、《新綠集》、《紅豆集》、《海天集》和《南星集》這幾種與他人的合集中選擇了若干篇，湊成一個「拼盤」，「目的是讓讀者再次領略葉靈鳳隨筆小品的藝術魅力」。

葉靈鳳生前是有過將《霜紅室隨筆》結集的動議的。在一九六九年一月二十四日的日記中，他寫道：「向黃茅處取回剪存之霜紅室稿一批。本擬出版者，後因『文革』，出版計劃停頓，取回擬另謀出路，但已預支過一千元，這債務不知如何了卻。」香港雖然不搞「文革」，但受到的衝擊也是很大的，尤其是中資機構或左派陣營的文化單位。以三聯書店為例，蕭滋的《出版 藝術 人生》一書描述得就很生動：「書店職工也受到『文革』影響，除經常的學習和講用會外，天天早請示，晚彙報，讀語錄，唱樣板戲，甚至天天聽，只聽中央人民廣播電台的廣播節目。書店職工還投入到反英抗暴鬥爭中，經常上街進行抗議，到工會、農村串聯。為此而被港英當局逮捕投獄的，整個出版線達數十人之多。」另一中資出版機構中華書局，一九六七年八月還發生了董事長吳叔同經日本逃亡台灣的「投敵」事件，想必會「整頓」好一陣子，哪有心情出書。

葉靈鳳曾說：「自『九一八』、『一二八』、『七七』、『八一三』以至香港的『十二月八日』，我的一生最好的日子，都是消磨在日本侵略戰爭的陰影下，這是令人難忘的。」未料到了「為霞尚滿天」的晚年，本該是收穫的時候了，卻又受了「文革」的影響。也許是感覺到了「時不我待」，自黃茅處取回剪報後，葉靈鳳就加緊整理，以圖「另謀出路」，

《晚晴雜記》

這便催生了《晚晴雜記》。一九六九年六月二十二日，「整理舊稿，今夜清理者為有關生活和回憶的《隨筆》，共有百餘篇。」到了一九七〇年四月十七日，終於「編完一集，取名為《晚晴雜記》，多是回憶小品隨筆。」此後的幾天，一直忙於這部書稿。四月二十二日：「在燈下整理《晚晴雜記》稿。大部分已看完。只要略微抽換補充幾篇就可。」四月二十六日：「在燈下將《晚晴雜記》稿整理完畢，明天可以交出。」正式把書稿交出的時間是四月二十七日，「下午二時往上海書局晤趙克，由中輝陪往，交出《晚晴雜記》稿，取得稿費八百元。」

這時的葉靈鳳，「目疾又加深，視力更減」，「連寫字也不大方便了」，所以，當七月二十七日《晚晴雜記》校樣來時，只能「託中敏代校」。封面設計稿送來後，也沒有精力置評了，只是在日記中簡單記了一筆。一直到一九七〇年結束，日記裏也沒有記載有樣書送來，所以，方寬烈《葉靈鳳年譜簡編》說《晚晴雜記》的出版時間是一九七〇年，應該是初版版權頁記載的時間（初版版權頁確是一九七〇年十一月），真正上市發行，應該到了一九七一年，而這一年葉靈鳳的日記又不幸中輟，所以也就找不到原始記錄。我除了初版，還收藏一本一九七一年十一月的再版，這也說明，這本小書在當時還是很受讀者青睞。

《晚晴雜記》共收文八十篇，三聯書店三卷本《讀書隨筆》只選了其中二十四篇，不僅未能反映全貌，恐怕也沒有讀懂葉靈鳳的編輯思路。當然，既是以「讀書隨筆」為主題，剔除一些離書較遠的文字，也是可以理解。以我的揣摩，葉靈鳳是以時間為軸，將《晚晴雜記》作為他前半生（截止到八一三上海淪陷）的自敘傳來編排的。其中一個例證是，在《文藝世紀》一九六六年十二月號刊發的一組四篇〈窗下隨筆〉中，〈瘦西湖的舊夢〉、〈我的讀書〉、〈家鄉的藥草〉都被收進了《晚晴雜記》，唯獨一篇〈郊遊〉落選，因為這篇主要是寫當下去新界的郊遊，雖然也因一聲蛙鳴回想起一段年輕時在滄州做客聽來的包公故事，但畢竟與自己的生平經歷關係不甚緊密。最終收進書裏的文章，雖說有關生平經歷的描寫只是一鱗半爪，而且大多埋沒在家鄉風物美食的述説中，但把這些零星的信息耙梳出來，也還是頗富價值，這也算《晚晴雜記》的另一種讀法吧。

葉靈鳳是江蘇南京人，《晚晴雜記》中描寫南京的篇什自然會很多。他的家族也曾有過發達的時候，〈家鄉的剪紙〉就寫到了他們的祖屋：「我的老家在九兒巷，那座至少有四五進深的大屋，據説在太平天國時代曾經做過王府的。五開間的大廳屏門上，還殘留着斑駁的漆繪彩畫，若是現在還不曾拆掉，該是很好的太平天國歷史文物。」但在葉靈鳳幼年的時候，家道無疑中落了。在沒有收進《晚晴雜記》的一篇〈叔父和叔父的朋友們〉（刊於《文藝世紀》一九六五年十一月號）中，葉靈鳳説：「我那時已經有十三四歲，我們的那個古老的大家庭，早已經不起時代浪濤的衝擊，四分五裂，放棄了那座大廳屏門上還留着『長毛』畫的壁畫的大屋，各奔前程。」〈夏天的花〉則説：「記得有一年夏天，家裏住在故鄉城北很冷落的一條街上，父親好像出外謀生去了，家裏就剩下繼母和我們幾個孩子，生活不僅過得很清苦，而且也很寂寞，我就在小小的天井裏種了一些蔦蘿，打發了一個夏天。」

葉靈鳳曾在日記中說：「我自小離開故鄉，一切皆生疏。」這是因為，「讀書不成」的父親一直在外「當一些閒差事」，葉靈鳳便隨着父親在長江沿岸的幾個地方遷徙。他在〈老同學成慶生先生〉中說：

> 我年輕時候讀書的幾個地方都分散得很遠。我自己是南京人，卻不曾在南京念過書。我的私塾啟蒙教育是在安徽一個小縣宿松開始的。念初等小學時到了江西九江。後來又到上海附近的昆山念高等小學。在昆山縣立高小畢業後，就到鎮江念那間教會中學。

還是那篇〈叔父和叔父的朋友們〉，則詳述了他父親在安徽宿松當的是什麼「閒差事」：

> 我父親是老大，靠了「祖蔭」和「八行書」到處去謀小差使，帶着我們一

家人東奔西走。我至今還記得，辛亥光復那歷史的一瞬間，竟是在安徽省一個小縣宿松經歷的，因為父親那時正在做宿松縣屬下的巡檢。我那時當然根本不知道「光復」是怎樣一回事，所以能夠清晰記得那一瞬間情形的原因，是因為父親坐堂審案，忽然不戴拖花翎的紅纓帽了，改戴了一頂由繼母連夜給他趕制好的平頂軍帽，接着我腦後的小辮子也被剪掉了。

九江在《晚晴雜記》中出現過好多篇，因為「我在九江曾經消磨了七八年的童年歲月」（〈難忘的南門湖〉）。跟南京不一樣的是，那裏的一山一水都投入了他幼小的身影。〈九江通信和一棵桃花〉說：「九江並不是我的故鄉，但是在我的心中同我的故鄉一樣的親切。我的十二三歲以前的童年生活，都是在這座城市裏過的。」他寫到了西園，那是「我的家所在地」；寫到了倉巷，那是「我讀書的那座學校的地方」；寫到了軍米倉，那是「父親任職的地點」。〈西園和鬼屋〉說：「我那時剛進私塾讀『千字文』一類的書，認識了不少字，而且已經很喜歡『舞文弄墨』了。」「雖然讀書不成」，「卻很希望子女能讀書」的父親很樂見自己的兒子「喜歡畫畫看書弄筆墨」。國文老師也對他高看一眼，〈南門湖的夏天〉說：「我因為自幼就喜歡胡亂的看書，做起國文課卷來自然較為容易對付，因此，舉人老師曾經一再在他兒子的面前對我特別誇獎。」

葉靈鳳是和姐姐一起投奔住在昆山的叔父的，在那裏就讀縣立第一高等小學。「這間小學就在城邊那座有名的大橋附近，面對着的那灣河水，稱為『滄潭』，校門內有一株大銀杏樹」，「祠堂同時也是課堂」。〈五四的記憶〉說：「叔父給我的教育和影響，比學校更大。」他是留學日本的，是老同盟會分子，無論他書房案上放着的《南社詩文集》、顧炎武的《天下郡國利病書》，還是他和朋友們慷慨激昂談論的天下事，都給葉靈鳳留下了深刻印象。早年他從上海寄給大哥看的《新青年》雜誌，也給葉靈鳳翻過了。在昆山，葉靈鳳也到民眾教育館看《少年雜誌》，「自己也悄悄地去投稿，發表過幾篇故事和一幅圖畫」。五四運動那年，葉靈鳳正是三年級，雖然還只是個小學生，卻也用借來的油印機，「印了一幅自己所畫的宣傳畫，拿到街上去張貼」。

鎮江是葉靈鳳來上海之前的最後一站，〈鎮江的鰣魚〉、〈談鎮江的餚〉、〈金山憶舊〉、〈小樓裏的生活〉、〈雜憶李公樸先生〉、〈老同學成慶生先生〉，都是記敘這個舊遊之地。那時，家裏住在有名的大茶樓「朝陽樓」附近，大哥則在鎮江海關任職。葉靈鳳讀的是一間教會中學，好像是叫「潤州中學」。「這間教會中學規模並不怎樣大，辦得不特別好，可是由於它的校舍是建立在鎮江郊外的一座小山頂上，遠遠可以望見長江和北固山，景色特別好。」「我那時已經喜歡看筆記小説，自己也學着用林琴南那樣的古文筆調寫記事文，曾將自己的作文簿題了一個什麼齋筆記的名目，被國文老師狠狠地罵了一頓。」

鎮江時期之所以重要，是在這時候塑造了一個文畫兼修的葉靈鳳。他在〈小樓裏的生活〉裏説：「我在裏面開始看雜書，看筆記小説；開始學刻圖章，開始學畫中國畫，甚至還開始學做舊詩。」還有重要的一點：「那時在感情上所做的夢，全是『禮拜六』派的，全是『鴛鴦蝴蝶』式的。」這也可以成為後來他鍾情於情愛小説、通俗文學，乃至「書淫豔異錄」一類文字的根源。但是，到了中學畢業要升學時，他還是選擇了美術。他的三叔從上海來鎮江探望他時，把他帶到了上海美術專科學校。「我就從江南城市的一間小樓，走進十里洋場的亭子間了。」

後來的事情讀者諸君應該很熟悉了——他如何由投稿結識了創造社一眾大佬；如何

參與編輯《洪水》，在上面又寫又畫；如何成為創造社出版部小夥計；如何「自立門戶」，在文壇上「享受新的樂趣」，以及隨之而來的「自己料不到的麻煩和憂患」；如何秘密迎接「從日本棄家歸國」的郭沫若，並隨他加入《救亡日報》，「共赴國難」……《晚晴雜記》中都有更為詳細系統的記述，抄也抄不完。感到特別遺憾的是，我們沒有等來《晚晴雜記》的續集。別說他同樣曲折而精彩的後半生，即使是上海時期的洋場歲月，也還有好多故事沒有來得及講。譬如，他的出版與裝幀生涯，就幾乎很少提及。他所設計的圖書，遠不止浮出水面、為人所知的那麼多。

黃俊東寫過一篇〈葉靈鳳逝世二十周年〉，文章裏回憶了一九七五年十一月二十五日，葉靈鳳的家人在香港殯儀館為他舉行大殮的情形：「當日三時，辭靈之後，葉先生的遺體隨即出殯，並在哥連臣角火葬場舉行火葬。據葉家大小姐告訴我，陪葬的有葉先生的晚年著作《晚晴雜記》以及稿紙、墨水筆，此外尚有他心愛的畫冊數部。」

《記憶的花束》沒能盛開

《晚晴雜記》之後，葉靈鳳有意再寫一組回憶小品。一九七三年二月十三日的日記說：「擬寫一些回憶小品，取題為《記憶的花束》，未知能執筆否，當努力一試。」除了自覺健康不佳、來日無多這個因素，直接刺激他產生這想法的有兩件事情。一是讀到了本港報紙轉載的曹雷談她的亡父曹聚仁的文章，以及羅承勳寫的〈曹雷和她的亡父〉一文，肯定有許多想說的話，無奈「視力差，愧不能執筆也。」二是由《四季》的採訪引起。這年二月十日的日記說：「讀《四季》文學季刊。系去年底出版，有該社同仁訪問我談穆時英問題，重讀一遍，往事不堪回首，思潮動盪，久不能止。一切皆四十年前事矣。」

有說他曾想以他口述、黃俊東整理的方式進行。從日記看，果然在二月十五日這天的「下午四時半約了黃俊東、孟子微在紅寶石喝茶」，有意思的是，這一次他的女兒「中敏也在座」，因為她也是筆錄口述的人選之一。這一動議，黃俊東曾在〈老作家逝世了——悼葉靈鳳先生〉一文中透露：

由於眼力不好，身體也衰退，退休後，家居生活頗感寂寞，也不大願意與昔日的友人來往，要完成的工作又沒法子做，影響到心情很不好，據知時常失眠，這情形當然影響到身體的健康，但也想不到他會突然病倒而逝世。本來他答應過筆者談些文壇掌故，用錄音的方式錄下，以待將來發表，但因我居住得太遠，而且為生活奔走，沒暇去做這工作，現在太遲了，未免有些後悔。因為許多文壇故事，他不說出來，永遠沒有人會說了。

黃俊東此文發表在沈西城主編的《大任》，該刊在葉靈鳳逝世後推出了一個「葉靈鳳特輯」，沈西城專門寫了一篇〈寫在葉靈鳳特輯之前〉，對葉靈鳳的駕鶴西歸「感表悲痛」，「猶思追念」。在他的《香港名作家韻事》一書中，也還寫到黃俊東如何「居住得太遠」，以及如何對葉靈鳳情有獨鍾：「克亮一向住在沙田道風山，那裏是一條僻靜的村落，跟嘈雜的市區有着很大的隔膜。」他從石屋裏四壁皆書的書架上取出的第一本書，就是葉靈鳳的《媽綠媚》，並説：「這是中國唯一的感覺派小説，寫得不錯。」

一年時間很快過去了，寫作計劃卻一直難以施行，因為葉靈鳳的視力仍舊不好，並且在九月間入養和醫院，第二次施行左眼手術。到了歲末的十一月二十三日，又在日記提到此事：「想寫稿，在心中構思，擬以《記憶的花束》為總題，分段而寫。」

一直到一九七四年的三月四日，終於有了第一篇：「寫一短文記一九五七年回上海參觀魯迅故居事，兼談及大陸新邨，題即作〈大陸新邨與魯迅故居〉。一二八之役，我當時住在大陸新邨對面的興業坊。寫得很短，僅得六七百字，然而這是將近兩年來的第一篇寫作也！」該文以「記憶的花束」為總題發表在《海洋文藝》創刊號。《海洋文藝》的主編是吳其敏，在他主編《鄉土》和《新語》時，葉靈鳳就是「當然的拉稿對象，成為前後兩本雜誌的台柱人物」。《海洋文藝》創刊，自然又要向這位老作者拉稿。葉靈鳳曾偕夫人趙克臻參加了吳其敏和他的上司王紀元的宴請，想必就是那次接受了他們的稿約。

葉靈鳳與夫人趙克臻

三月九日，又寫成〈憶望舒故居〉，「短文一篇約一千字，記他初來香港時在薄扶林道所住的『木屋』二樓。」這次是發表在《新晚報．下午茶座》，仍在「記憶的花束」的總題下。所謂的「木屋」，戴望舒也將其稱作「林泉居」，早在一九五七年，葉靈鳳就在〈望舒和災難的歲月〉裏有過描述：「詩人這裏所懷念的舊居，就是他在香港所住的薄扶林道上被稱為『木屋』的那座房屋的二樓：背山面海，四周被樹木環繞，從路邊到他的家裏，要經過一座橫跨小溪的石橋，再走很多的石級才可以到。所以地方十分幽靜，真是理想的詩人之家。」之所以不厭其煩地舊話重提，料想有兩層因素：一是借景憶人，正如他在〈死得瞑目的望舒〉裏說的：「在這裏，我們是共同度過了那『苦難的歲月』的。他雖然已經躺在地下十五年了，我相信那些記憶一定仍舊銘刻在他的骨骼上。」二是那座木屋本身已成為戴望舒的作品，甚至他的生命的重要組成部分，就像小思所說：「林泉居，變成詩人的名字，變成詩，變成散文，永留人間。」

小思還說：「這幢房子，本來屬於香港大學教授馬爾蒂夫人的，她回國去，就把房子讓給詩人一家住，沒想到它會成了戴望舒作品裏的重要部分。」馬爾蒂夫人也被稱作馬師奶，她因為非常欣賞戴望舒的詩，才請這位詩人住到「木屋」來。葉靈鳳與馬師奶也是認識的，一九四六年七月十日，他曾「將Kaper氏的《日本史》及項美麗簽名之《宋氏三姊妹》二書，託馬師奶轉交Boxer轉東京交回小椋。」一九四九年三月十二日，戴望舒離開香港北上那天，葉靈鳳為他安排送行宴，馬師奶也到了。陳君葆日記對此有記錄：「戴望舒走了，與卞之琳同行。葉靈鳳請晚飯，本是為送望舒，但他船期定了來不及，其餘的客人便是馬先生、馬提夫人與她的侄兒。」馬提夫人也就是馬師奶。

〈憶望舒故居〉在《新晚報．下午茶座》見報後，葉靈鳳很激動，因為「自患目疾以來，未在《新晚》發表稿件已逾兩年，今日重行開始，有許多喜悅和感慨」；「友朋且來電話祝賀」，因為葉靈鳳的健康問題也一直讓他們牽掛，又能讀到他清新的文字，也讓他們有如久旱逢着甘霖。葉靈鳳興致極高，一連幾天，又奮筆寫下〈畫家倪貽德〉、〈景雲裏〉、〈左聯的成立〉、〈蔣光慈的畫像〉、〈上海美專的校舍〉等。在寒雨點滴不停當中，他還寫成一篇〈江南的暮春三月〉。紅棉花開的時候，又寫成〈我第一次見到的紅棉〉。然而，花開時節也是回南時候，「天雨潮濕回南，倦甚，終日枯坐，提不起做事的興趣」。雖然《海洋文藝》「催稿甚急」，並給他開出了豐厚的稿酬；雖然「友輩頻來電話，詢問催促」，但他「懶洋洋的也不想動筆」，他說：「自己都推在天氣方面，事實上是心情不安定。」

一直到一九七四年五月九日，才勉力寫出一篇「《海洋》雙月刊要用的稿」。這篇文章發表在一九七四年六月出版的《海洋文藝》第一卷第二期，標題是〈郭沫若早年在上海的住處〉，仍冠以《記憶的花束》的總題。文章重點寫了郭沫若早年在民厚裏和環龍路的兩所住處，以及他第一次會見郭沫若的情形，還難得地回憶起他如何偷師比亞茲萊，為《洪水》畫飾畫：「我這時已經很喜歡比亞斯萊的黑白裝飾畫，總是將自己偷師學習的小飾畫拿出來請郭老批評。他看了總是嘻嘻地笑，顯得有點高興。後來，受到他的鼓勵，當《洪水》半月刊創刊時，除了封面畫之外，我更畫了許多內文用的小飾畫。」

如果接着將這個系列寫下去，肯定還會揭秘一些諸如他為郭老著作做裝幀的事情，可惜他再也寫不動了，就連日記也在第二天徹底中斷了。我們所期待的一本《記憶的花束》，終究沒能盛開。

最後一捧《故事的花束》

葉靈鳳素來喜歡故事一類的讀物，他寫過一篇〈案頭書〉，裏邊提到他日常放在案頭的三部書，無不屬於此類，分別是《伊索寓言》、《拉封丹寓言》和《坎特伯雷故事集》。談到《坎特伯雷故事集》，他認為：「直率坦白，有笑有淚，富於人情味，而且不避猥褻，這正是這部故事集能流傳不朽，為人愛好的原因。」對於《拉封丹寓言》，他更直言「我很喜歡讀」。因為他不是讓狐狸獅子和猴子講「人話」，「它們說的全是它們自己的話」。「他非常同情自然界的一切生物，從不使他們道貌岸然的向人類說教。」至於《伊索寓言》，就不只是喜歡了，而是進行了一系列研究。「雖然早在明朝就有了第一次的譯本，但是對於伊索的歷史和他的寓言集的由來以及流傳經過，幾乎至今仍是所知不多。」他做了很多考證，但這些考證一點都不枯燥，就跟講故事一樣妙趣橫生。

除此之外，《十日談》、《天方夜譚》、《安徒生童話》，以及《巴爾扎克詼諧故事集》，也都是他喜歡的讀物。在《〈十日談〉的版本談》中，雖然他主要在談《十日談》的版本掌故，但仍不忘強調它的「故事性」，他說：「《十日談》的作者薄伽丘，可說是古今第一流的講故事能手。在這本書裏，他的態度冷靜莊重，不作無謂的指摘和嘲弄，也不拋售廉價的同情。他不故作矜持，也不迴避猥褻。他在《十日談》裏從十個避疫男女的口中所講出的一百個故事，可以說包括了人生的各方面，有的詼諧風趣，有的嚴肅淒涼。但他從不說教，也不謾罵。」葉靈鳳對於《十日談》是真的喜愛，不惜一寫再寫，甚至愛屋及烏，連《七日談》、《五日談》這些模仿之作也關注起來。

比之《十日談》，《天方夜譚》無疑更是「故事」了，因為它的正式譯名就是《一千零一夜的故事》。葉靈鳳曾經援引理查．褒頓的一句名言：「沒有一千零一夜，根本也就沒有故事。」「因為書中那位美麗機智的沙娜查德小姐確是將她的故事講了一千零一夜，每逢講到緊要關頭，恰巧天亮了，她便停住不講，等到天黑了再繼續講下去，就這樣一連講了一千零一夜，一點不折不扣。」《天方夜譚》的版本數也數不清，據說，只有褒頓的譯本保留了「一千零一夜」的形式。本來，葉靈鳳已有了馬特斯的重譯本，那可是八巨冊的限定版，但他還是又買來了心心念念的十六冊的褒頓原刊本。「在北窗下，翻看書本，迎着亮光檢視每一葉紙上那個透明的褒頓簽字的水印，並不曾看內容，我的心裏就已經心滿意足了。」

葉靈鳳喜歡安徒生，那就更不消說了。有趣的是，他喜歡安徒生的理由，「不僅因為他的童話寫得好，更因為他的童話裏時常提到我們中國。」對於這一點，他也是用講故事的方式娓娓道來：

相傳有這樣的一個故事，在安徒生的故鄉奧登斯，市中有一條小河，現在已經成了紀念安徒生的公園，人們傳說安徒生在少年時代，家裏非常窮，母親每天要到這條小河裏來為人洗衣服，安徒生也跟了母親一起來，坐在河邊，對着那些樹木和河上的天鵝野鴨出神，他時常幻想，如果從這條河裏往下挖，往下挖，一直挖到地球的另一角，就可以抵達東半球，到達中國。

其實，安徒生刻意經營的是劇本和長篇小說，這些童話只是利用餘暇信手寫來的毫不經心之作，令他意料不到的是，使得他在文藝花園裏獲得不朽地位的，正是這些小花小草。跟他有些相似的是巴爾扎克，但巴爾扎克的厲害之處是，他自己最為滿意的作品，並不是他的嘔心瀝血之作《人間喜劇》，而是一部《詼諧故事集》。在寫給他的愛人韓斯卡夫人的信裏，巴爾扎克說：「我認為我自己將來的聲譽，大部分將依賴在這本書上。」

甚至對於小說，葉靈鳳也以是不是具有故事性作為評價標準。他年輕時喜歡《茶花女》，幾乎到了走火入魔的程度。在〈《茶花女》和茶花女型的故事〉一文中，他說：

我很喜歡讀小仲馬的《茶花女》，很年輕的時候讀了冷紅生與曉齋主人的合譯本，就被這本小說迷住了，而且很神往於書中所敘的情節。這時我已經在上海，我讀了《茶花女》小說的開端所敘的，阿蒙在瑪格麗的遺物被拍賣時，競購她愛讀的那冊《漫郎攝實戈》的情形，每逢在街上見到有些人家的門口掛出了拍賣行的拍賣旗幟，總喜歡走進去看看。……我也不知道自己是怎樣的心理，有時擠在人叢中也彷彿自己就是當年的阿蒙，可見小仲馬的這部小說令我愛好之深。

詭異的是，葉靈鳳的第一任妻子郭林鳳也愛讀《漫郎攝實戈》，侶倫說，當年雙鳳來香港遊玩住在他家的時候，郭林鳳每晚讀的正是《漫郎攝實戈》。「這個譯本的裝幀設計很漂亮；黑色書皮，封面印上金色圖案字的題名，簡潔高雅，富有古典味。」見他也喜歡，葉靈鳳還寫信向上海光華書局給他要了一本寄來，可惜經過一場太平洋戰爭，不明不白的失了蹤。更可惜的是，郭林鳳竟也和愛讀《漫郎攝實戈》的瑪格麗一樣紅顏薄命。這段故事暫且放下不表，要說的是，葉靈鳳將《漫郎攝實戈》以及《摩爾．佛蘭德斯》、《卡門》、《黛絲》、《娜娜》，甚至《罪與罰》，一律地稱為「茶花女型的故事」。他喜歡的作家裏，有很多也都是善講故事的，比如茨威格，他「不僅是一讀再讀，而且都忍不住譯了出來，逢人就推薦」，喜歡的理由，就是因為「不僅每一篇的故事都好，而且寫得又好」。

他甚至也將聖經佛經這類的宗教經典都當成故事來讀，在《美麗的佛經故事》中，他這樣說：

不一定要做和尚做尼姑才應該去讀佛經；佛經更可以不一定當作宗教經典

來讀。我在這裏要向佛教的諸大德告罪一句，我就是將佛經當作文學作品來讀的。當作寓言集，當作故事集，甚至是當作《十日談》來讀的。就是對於基督教的《聖經》，我也是如此。

葉靈鳳的讀書隨筆之所以耐讀，訣竅可能也在於他是用了講故事的方式。吳其敏在〈葉靈鳳的「文藝隨筆」〉中就指出過這一點，他說：「在〈後記〉中，作者提出他寫此類讀書隨筆時，有所追求的一個目標：『將自己讀過了覺得喜歡的書介紹出來，是應該將這本書的作者，他的生平和一點有趣的小故事，融合着這本書本身來一起談談的。有時，一本書在這世間的遭遇，會與這本書的內容同樣有趣。』他說的成理，做的也切實。這本書，凡所談到的作家和作品，有很多時候就是結合着作家生活裏的小故事以及著作在世間所發生的種種遭遇來談的。」

葉靈鳳不僅介紹了許多有名的故事書，他也親自動手翻譯，經他翻譯的世界各地的小故事可以說不計其數。他也萌發過將它們編集出版的想法，根據一九六八年十二月五日的日記，他這天不僅「譯波斯古宗教傳人魯米的小故事數則」，同時還考慮，「將一些有趣的小故事，包括《天方夜談》、義大利諧話，印度、波斯、非洲等古典故事，彙集一起，略加介紹，該是一本很好的故事集。」在一九六九年二月二日的日記中他又考慮，將《天方夜譚》裏的小故事「日後匯成一個故事集」。一九六八年底到一九六九年上半年這段時間，他密集翻譯了一批世界各國的小故事。主要發表在他自己編的《星島日報．星座》，使用了「伊萬」這個很像故事中人的筆名；也有部分篇章給了源克平的《文藝世紀》，那時，這個老牌雜誌已經非常不好看了。

是在一九六九年七月五日，葉靈鳳日記中首次出現了擬出版的故事集的書名：「燈下剪存已發表的小故事譯稿。這都是準備編入《故事的花束》內者。」一轉眼又過了四年，一九七三年十一月二十六日才有了下文：「編成《故事的花束》一部，約八萬字，交萬葉書店出版，為南斗文藝叢書之一。」萬葉書店的正確名稱應為萬葉出版社，估計也是小本經營，因為連稿費都不能馬上開出來，一九七四年一月三日葉靈鳳日記云：「萬葉書店謂報紙漲價，書店將現金囤購印書紙張，稿費要過了年再說。」

無論如何，出版單行本的願望畢竟實現了，雖然一本小書很難囊括他所有的此類譯述。香港學人魯家恩〈回憶的花束——葉靈鳳在香港〉，介紹了本書的基本內容和特點：「之後，他又出版過《故事的花束》，包括了印度古經優波尼沙故事選、非洲故事選、阿卡巴爾逸聞故事選、瑪斯拉非故事選等，並非當時世界聞名的作品，但每篇故事都短小精悍，有趣而發人深省。在每一個故事選的開頭，葉靈鳳會先介紹一下這些故事的來源，例如，『優波尼沙』是印度古經《吠陀經》的一部分、阿卡巴爾是印度十六世紀蒙古帝國的大君、『瑪斯拉非』是波斯十三世紀詩人查拉耳·阿爾丁·魯米的一部長詩等。」方寬烈編的《葉靈鳳作品評論集》選錄了魯家恩的這篇文章，文末所附的注釋說，《故事的花束》一九七四年由香港萬葉出版社出版。

《故事的花束》坊間流傳稀少，就連比較權威的《香港當代作家作品選集·葉靈鳳卷》（陳智德編，香港天地圖書有限公司二〇一七年版）附錄的《葉靈鳳著作書目》亦未著錄。儘管如此，也還是不乏有眼福的幸運兒，成都藏書家朱曉劍就是一個，他的《故事的花束》一文記下了這樁美事：

前幾天我逛毛邊書局二手書店，傅天斌告訴我說，成都的愛書人孫老師年紀大了，有一大批書要處理，舊時他跟不少愛書人有來往，好多詩人作家都藏有簽名本，只是他不寫文章。真是有些可惜。我就翻翻書目，這樣就看到葉先生翻譯的《故事的花束》，列為萬葉出版社的南斗叢書之一，是葉先生翻譯的幾種故事選集，繁體豎排，只有一百七十八頁，花了半個下午閱讀，也是興趣盎然。

朱曉劍還寫下他讀了《故事的花束》以後的感想，可以說是讀懂了葉靈鳳的；他對於民間故事「俗中有雅」的看法，也是值得分享一下的：

葉先生看似只翻譯些許故事，也並不能看作通俗讀物看，在這民間故事裏也寄託了葉先生對世道人心的態度，簡言之，太急功近利的生活並不太適合香港，這在今天讀來，仍然有其應有的價值。

有時候，我們會讀流行的書，一讀便過，至於書裏的含義怎樣，似乎無須太多的關注。而民間故事或高冷一些的作品，讓我們沉靜。從書裏獲取的不只是資訊，而是一種營養了。

其實，即便是在香港，受到葉靈鳳影響而喜歡上故事和「故事型」作家作品的也不乏其人，比較突出的一位就是黃俊東。他那本非常搶手的《書話集》，特意把介紹此類作品的文字放在第一卷，並且不止一次在文中點到《星島日報．星座》刊載的相關譯文和介紹文字。葉靈鳳素來喜歡的《十日談》、《天方夜譚》、《坎特伯雷故事集》，以及法朗士、茨威格、羅曼．羅蘭等等「故事型」作家，他也都逐個寫了一遍。他說：「在西洋的文學作品中，有一個時期我特別喜愛古典文學中的神話和故事集……他們都曾是我枕邊的好友，每次讀起來都有津津的滋味而不忍釋手。」

有人曾說，也許是葉靈鳳太多才多藝了，他的翻譯家的身份歷來少受重視；同樣的，他的「故事大王」生涯——翻譯故事、研究故事、推廣故事——也是值得好好梳理總結的。

那些計劃中擬寫的書

葉靈鳳寫得多，計劃中擬寫的書也多，只可惜很多都停留在了擬議中。讀者最熟知的，自然是他久已要寫的比亞茲萊傳記。這個願望的重要性是不言而喻的，就像他在〈郁達夫先生的《黃面志》和比亞斯萊〉裏說的：「我年輕時候很喜歡比亞斯萊的畫，覺得他的裝飾趣味很濃，黑白對照強烈，異怪而又華麗，像是李賀的詩，曾刻意加以模仿，受過不少的稱讚，也挨過不少的罵。」所謂「稱讚」，是他由此獲得了「東方比亞斯萊」的稱號；所謂「挨罵」，當然就是魯迅說的「生吞琵亞詞侶，活剝蕗谷虹兒」了。帶着這種複雜的心情，葉靈鳳與比亞茲萊幾乎糾纏了一生。在〈比亞斯萊的畫〉中他說：「我久已想編一部比亞斯萊畫集，附一篇關於他短短二十幾年生涯和藝術的詳盡介紹。這個志願，就像我的許多其他寫作志願一樣，一拖一年又一年，一直就擱了下來。」其實，他一直沒有停止過資料的搜集，無論是在上海，還是在香港，並且自認——自己如果也要為他寫一部傳記，在題材的取捨方面已經能有把握了」，遺憾的是終於沒有寫成。

這種沒有實現的心願，又豈止一部比亞茲萊傳記？打開《葉靈鳳日記》，第二頁就赫然開列一個單子，疑是擬整理出版的單行本，分別是：《吞旃隨筆》、《兩忘集》、《南冠集》、《書魚閒話》、《禁書史話》和《讀書隨筆》。這一天是一九四三年的九月二十九日，香港尚在日本人的佔領之下。那個時候，他明裏為日本人做事，供職於位於畢打街畢打行的大同圖書印務局，主編《大眾週報》，暗中則是國民政府情報人員，更暗中，「實際上是替共產黨工作」。盧瑋鑾說他：「深陷敵手，加上種種原因必須為其『服務』，心中感慨定多，欲表於文字又不輕易，借機明志，乃文人抒發慣技。」《吞旃隨筆》，擬結集的應該就是淪陷時期那些借用典故、曲筆明志的文章。他曾在《新東亞》創刊號發表過以此為題的一組文章；另在《大眾週報》使用過類似標題——「吞旃讀史室劄記」。所謂「吞旃」，典出《漢書》蘇武牧羊的故事，原文是：「天雨雪。武臥，齧雪與旃毛並咽之，數日不死。匈奴以為神，乃徙武北海上無人處，使牧羝。」葉靈鳳無疑是以蘇武牧羊自況的，慕容羽軍回憶，葉靈鳳曾對他說：「蘇武的故事你應熟知，他從塞外歸來，別人的目光不也對他投以異樣的冷漠！」所幸有人明白他的心曲，香港學者張詠梅曾有論文〈「信非吾罪而棄逐兮，何日夜而忘之」〉，非常詳細地剖析葉靈鳳這一時期文章背後的「真意」；盧瑋鑾則不止一次感歎：「他當時正為日本人工作，卻敢寫出《吞旃隨筆》，借用蘇武牧羊的典故表現氣節。」盧瑋鑾和鄭樹森還主編了一本《淪陷時期香港文學作品選——葉靈鳳、戴望舒合集》，鉤沉幾無闕遺，但終究缺一本純粹意義上的《吞旃隨筆》。

《兩忘集》是要忘掉什麼？尚沒找到線索。《南冠集》葉靈鳳後來倒是在日記中提到過，事見一九五一年八月十日：「下午赴李輝英之約。本擬談出版單行本事，我見在場之人太雜，遂王顧左右而言他。本意擬集合一些小品隨筆湊成一集與之，擬取名《南冠集》。」「南冠」，語出《左傳．成公九年》：「晉侯觀於軍府，見鐘儀，問之曰：『南冠而縶者，誰也？』有司對曰：『鄭人所獻楚囚也。』」後世乃以「南冠」代被俘。葉靈鳳在香港淪陷期間是坐過日本人監獄的，或者說，他是把整個三年零八個月都看作「南冠」。一九四三年為《大眾週報》連載《書淫豔異錄》所寫的〈小引〉，「南渡衣冠幾人在，西山薇蕨此生休」，可資參證。他還在一九四六年五月三日日記中說：「開始計劃寫《流在香港地下的血》，記所參加的秘密工作及當時殉難諸同志獄中生活及死事經過。」並說：「在卅餘人之中，只有我是寫文章的，而我又僥倖活着，所以我覺得我有這責任。」

盧瑋鑾云：「可惜一直未見此文，家人亦云未見。如果真已寫成，而又人間湮滅，則一筆血史永不昭彰了。」

《書魚閒話》是在上海時期就想出的一本書，當年上海雜誌公司老闆張靜盧曾經計劃出一套「貝葉叢書」，並在一九三五年十一月出版的《書報展論》上刊出過第一輯的書目，當中就包括葉靈鳳的一本《書魚閒話》，但據説「這個計劃當然很好，可惜未能完成」。一九四五年，葉靈鳳又在《南方文叢》發表過一組《書魚隨筆》，此後陸續寫過很多此類文章，可惜始終沒能以此書名付梓。一九五一年九月五日，他還「整理剪存已發表的文稿，決定將若干篇關於藏書家的譯文編成一集，以應李輝英之約，書名擬《愛書家的散步》或《愛書家的假日》」，可惜也成了未了的心願。三聯書店版《讀書隨筆》第三集，輯入了《書魚閒話》和《譯文附錄》兩組文章，也算是一種聊勝於無的撫慰。

一九四六年一月二日，葉靈鳳在日記中又開列一批「計劃中擬今後寫的書」，那就是以黃河、揚子江、長城、泰山為題材的《河》、《江》、《城》、《山》系列。以他的設想，「包括自然史地與文藝描寫混合而成，如凡龍所寫各書」。他並説：「動手之前，要讀一切有關之參考資料，要實地旅行考察，並要搜集圖片。中國目前無人能做這苦工。雖頗吃力，但值得一幹。」事實上他已經為不同的報刊寫過一些篇章，尤以《新中華畫報》為最集中。黃蒙田在《小記葉靈鳳先生》（香港《新晚報》一九七五年十二月七日）一文中說：「五十年代初期，他為我當時編的一本畫報寫了一篇長文〈不盡長江滾滾流〉，上面的計劃就是那時候透露的，而這篇文章正是長江之部的一部分草稿。由於臨時寫作任務繁重，他沒有充分的時間條件把這件工作完成。」直到一九六六年，葉靈鳳還在惦記着這一個願望，他在《文藝世紀》該年十一月號發表的〈江．河．山．關〉中說：

我一向有一個奢望，認為中國的這些有名的江湖山河關城，不僅是我們的自然資源寶庫，也是我們的歷史文化寶庫。任何一個地方，只要肯略下功夫去研究考察和搜集整理，就有足夠的豐富資料可供我們寫成百十萬言的大著。我曾經讀外國作者寫的埃及尼羅河，歐洲的阿爾卑斯山，美國的密失塞必河的歷史，都是將人文自然綜合起來，用傳記體裁來寫的，讀起來十分有趣。因此我想到我們有這許多好題材，一直還未曾有人動過。這一大片幾乎未曾開墾過的寫作上的處女地，若是有人有勇氣和決心，組織起來去開發，一定可以像近年的「北大荒」，由荒地變成糧倉一樣，也可以供應我們大量的精神食糧。

這個奢望最終只是奢望，不光是他，也是很令朋友們惋惜的一件事。阮朗在他去世後說：「現在是該由其他朋友去接過葉老這一『棒』了。」

一九四〇年代後期，葉靈鳳正值壯年，精力旺盛，文思泉湧。一九四六年三月二十五日，他又在日記中開出一個清單，列出幾本要譯要寫的書：《高爾基日記抄》，《伊索寓言》，《清代文字獄史》，《禁書史話》，《世界木刻史》。關於《高爾基日記抄》，葉靈鳳在一九四九年十一月一至三日的日記中又說：「譯《高爾基日記》，在《星座》連載。此書之譯，始於一九四一年，時譯時輟。今乘可以連載的機會，決意完成之。今已譯好五分之四了。我覺得高氏的散文、小品、書簡、回憶錄、短論，皆比他的長篇小說好。」《高爾基日記抄》是無限接近過出版環節的，一九五一年七月十二日的日記中，葉靈鳳就說：「李輝英來電話，謂南洋有書店要出書籍，向我徵稿，擬以所譯之《高爾基日記抄》與之。」但李輝英隔了一天來訪，告以「彼所需要之單行本以五萬至八萬字為限。《高爾基日記》太長了，當另選一些散文隨筆去應付一下」。到了八月十五日，「路遇李輝英，彼謂將於星期五偕劉同繹（亦寫作者）來訪」。葉靈鳳以為會有實質性進展，「明日有暇，當檢點一下存稿，了卻出單行本的公案，大約積下來的隨筆散文，是可以湊成一集的。」誰知星期五來了之後，才知「劉君來訪目的，謂辦一綜合性刊物，邀請寫稿云云」，李輝英則對單行本之事隻字未提。就這樣，不僅《高爾基日記抄》，就連替代的隨筆散文集也沒了下文，真成了一樁「單行本公案」。

伊索寓言素來為葉靈鳳喜歡，寫過好幾篇與此相關的文章，不僅對伊索的生平傳説頗多考索，對於伊索寓言在中國的傳播史，也是頗下了一番功夫的，對《況義》、《意拾蒙引》等早期不同譯本多有研究。他擬翻譯出版的《伊索寓言》自有一番獨特的面目：「三百篇擬全譯，附圖，附伊索生平，舊譯本《況義》考證。」很可惜這個願望沒有實現。説出這個願望之後不久，他還於一九四六年四月二十四日，又在日記中記下一個新的願望：「《十日談》、《金驢記》、《迦桑諾伐憶語》、《七日談》等書，有些好的版本，其前面都有很好的介紹或序文，如將這些文章都搜集起來譯出一本書，我想也是一件工作。」很可惜這件工作也沒完成。他亦在《星島晚報》連載《一千零一夜故事選》，在《成報》連載《紅毛聊齋》，在《快報》連載《炎荒豔乘》、《哈基巴巴奇遇錄》、《百日譚》，這些膾炙人口的通俗譯述，不少都達到結集成書規模，可惜全都散落在了故紙堆中。

有一部流行小說的翻譯，要不是曹聚仁揭秘，恐怕就真的湮沒無聞了，那是莎岡的《日安．憂鬱》。弗朗索瓦兹．莎岡是有名的法國當代女作家，一九五四年，年僅十八歲的她，在咖啡館裏泡了四個星期，寫出了第一部小說《日安．憂鬱》。次年初小說出版，使她一舉成名。葉靈鳳翻譯《日安．憂鬱》，應該是在一九五五年下半年往後，因為根據他的訂書記錄，書是在這年的六月七日訂購，八月三十一日到手。由此也可看出，葉靈鳳對於世界文壇新潮的關注與接受程度。可惜這幾年他的日記恰好闕如，具體翻譯、連載和接洽出書的情況就見不到記載。

曹聚仁那篇揭秘文章則是〈翻版書〉，收入北京出版社出版的《曹聚仁書話》，裏面這樣說：

本報有幾位朋友，身受翻版書之痛，說起來，有點切齒的。翻版書商之中，有的簡直是明火搶劫的。當葉靈鳳先生翻譯的《日安．憂鬱》（法女作家莎岡作）在某刊連載時，我就徵求李先生的同意，由葉先生把這部譯稿交「創墾社」出版。我當時就特別提醒他，必須早日譯完，把副稿給我，我們可以先排，單行本必須和報刊完畢日子相連接，報上一刊完，單行本就出來，葉兄當時是點了頭的，事實上，並不如此，他等全稿刊完了，又重新整理了一下，等到他的稿子交來，已經一個多月了。我們當時就知道有人翻版，趕忙付排，哪知葉兄校對得仔細，又還延了一個多月。我們的「三校」剛終了，翻版的已經上市了。這一來，我們只好擱下來，白白花費了幾百元的排版費。那翻版的行若無事，也可說自得其樂呢。這位明火搶劫的書商，他還對我歎氣，說這部書不時新，撈得太少呢！

曹聚仁筆下的「李先生」，應該是李微塵，時為新加坡《南洋商報》總編輯，創墾出版社正是《南洋商報》出資開辦的，由曹聚仁、徐訏等人負責。雖然後來曹聚仁與左派陣營走得愈來愈近，與葉靈鳳的私交也很好，但在當時能夠代表偏右的創墾社向葉靈鳳拉稿，也是很難得的舉動，葉靈鳳能夠爽快答應，就更屬難得了。不過，世事總是很詭異的，由於不良書商的搗亂，葉靈鳳與創墾社的緣分也只到此為止。在葉靈鳳此後的文字中，也未見到對《日安．憂鬱》此番遭遇的吐槽。對於盜版，他似乎習慣一笑了之。一九四九年十二月九日日記曾說：「鄰家少年，以坊間所選之《靈鳳傑作選》一冊見示。封面有畫像，無半分相似。不知是哪個書賈出作，見之可發一笑也。」

在葉靈鳳的書話隨筆中，有不少涉及與「禁書」有關的掌故，他將此稱為「人類在文化史上所留下的污點」，「幾乎使人不敢相信人類既然一面產生了這樣優秀的文化，何以一面還殘留這樣的愚笨」。他還有意撰寫《禁書史話》和《清代文字獄史》，並已開始廣泛搜集資料，甚至遠託施蟄存和戴望舒覓購《清代文字獄檔》和《大義覺迷錄》等書。一九四七年二月十三日日記說：「讀文字獄資料，並將《清朝野史大觀》、《清稗類鈔》、《心史叢刊》諸書的文字獄資料，一一加一比較，擬每一案為主，作一綱領，彙集資料於一處，這樣如要寫文字獄史話，那就容易了。」二月十九日的日記又說：「日來整理清代文字獄資料，略有頭緒。所缺者，全祖望之《結埼亭集》，□□□之《緒南叢談》，以及故宮博物院所輯印之《掌故叢編》。又，據《典籍聚散考》作者陳登原談金陵大學圖書館藏有外間未見之《應禁書目》一部，極關重要。」不過，在這同時他也感歎：「本擬出版一些小冊子，國幣如此跌價，內地購買力受影響，怕不容易做了。」兩本小書未能出版，固然遺憾，但從積極方面講，搜集閱讀資料的過程本身，亦對葉靈鳳學養識見的涵養大有助益。

黃蒙田曾透露：「葉靈鳳是版畫愛好者，曾經盡過很大力量為中國的美術青年介紹外國版畫。他曾經多次表示想寫一本《世界版畫史》，他不但有意做這工作，也很有興趣做這工作，而長期以來搜集到的全世界範圍以內的古今版圖籍，提供了他寫這本書以充分的材料。據我所知，《世界版畫史》初稿寫成了大約五章，共一萬字左右，插圖很豐富，五十年代初曾經在報紙上發表過，由於和《三江記》相同的理由，這本他最想寫的書終於沒有完成，這是非常可惜的。」實際上，葉靈鳳翻譯的是布利斯的《世界木刻史》，而且譯完的字數遠不止一萬。一九四九年十二月一日，葉靈鳳日記說：「《世界木刻史》亦陸續譯過數章。此書實應正式着手譯下去。這是一件工作，亦可以了一筆心事。只是外國名詞太多，譯起來極費事。拉丁文、德文的書名，尤感棘手。」十二月二十三日的日記又說：「譯《木刻史》一章，關於近代法國木刻者，編入後日出版之《星島》《藝苑》。布利斯之《世界木刻史》全書約十七八萬字，現零星譯好已有四萬字，能將全部譯好出版，亦一件值得的工作也。只是全書插圖很多，找人出版恐不易，然而布利斯的這部木刻史卻是這部門中僅有的一部歷史。可惜文字生澀，又加之外國語書名人名太多，頗不易譯。」

雖然葉靈鳳的文名遠超畫名，但他對美術的愛好終生不渝，黃蒙田就說：「沒有一個畫家像他擁有的中外畫集和美術參考書那樣豐富的。」在《葉靈鳳日記》逐年的購書記錄中，西洋古代和先鋒畫家的畫集幾乎鉅細靡遺；中國古代版畫和漢畫碑拓，亦是他長期搜藏的重點。這些豐富的藏品，為他美化報紙刊物發揮了很大作用。他也樂意借給朋友看，黃永玉就是其中一個，居港幾年間從中汲取了很多營養。甚至一些不認識的在校學生，也時有到他家欣賞畫冊的。「他想到的不但讓朋友們分享能看到好書的樂趣，更重要的是朋友也能『用上』這些書，不論是業務上的、寫作上的，還是學習上的。」他自己也想更好地「用上」這些珍藏，一九四六年五月三日的日記就說：「有機會，擬將所藏木刻以及各書插圖，分別選印一套畫集。又，有一冊德國版的歌德畫冊，很可以編一部《歌德畫傳》。」事實上，他也為《新中華畫報》、《星島週報》等報刊寫過不少名畫欣賞，介紹過達．芬奇、梵高、果耶、德拉克洛瓦、倫勃朗、德加、杜米埃、費瑪爾、惠斯勒等一眾畫家，單是將這些文字匯總起來，再配上那些名畫，就是很好的美術普及讀物，可惜也都沒有編成。

一九五一年六月十三日，葉靈鳳日記說：「整理前以『秋生』筆名寫的雜稿，因有人要出一單行本，名《歡喜佛盦叢談》。檢出七萬字剪貼校改錯字。」《歡喜佛盦叢談》自一九四六年十月二十七日開始，連載於香港《新生晚報》。這年年底葉靈鳳曾在日記中補記：「以『秋生』筆名逐日為《新生晚報》寫獵奇趣味短文，名《歡喜佛盦叢談》。」這應當是繼一九三六年在上海《辛報》和一九四三年在香港《大眾週報》連載《書淫豔異錄》之後，第三次經營此類文字。曾任《新生晚報》編輯的高雄在《送葉老之喪》（載香港《成報》一九七五年十一月廿七日）一文中曾經回憶起葉靈鳳的這個專欄，只不過把欄名搞混了：

我認識葉先生甚久，我在新生晚報副刊開始寫經紀拉日記時，佢則在新生晚報寫一篇極其吸引人的讀書什記，欄名叫《書淫豔異錄》，是他老先生在讀正經書之時，把其中略不正經的資料擷錄出來寫成的，不過「書淫」二字，並非「淫書」之謂，這兩個字非常典雅，是「書迷」的意思，所記的中外古今書籍中事，皆以「豔異」為主，樂而不淫，非常得讀者擁護。

《歡喜佛盦叢談》的書稿是交出去了的，一九五一年六月十六日的日記說得很明白：

「大陰雨，整理《叢談》稿完竣，並寫一小序。晚間即交給出版人。」但不知這位神秘的出版人是何方神聖。一九五二年七月九日的日記有如下記事：「下午彭成慧來談，催《歡喜佛盦叢談》稿。又雜談出版事，謂近來因內地的書不能出口，本港及南洋的出版事業頗活躍。」彭成慧以前在上海的時候也是作家，但此時在港正忙着打理他在沙田的楓林小館，並非職業出版人。這以後就不見下文。這類短文能結集出版，還是在葉靈鳳去世十四年之後的一九八九年，出版方是三聯書店香港分店的副牌南粵出版社，書名《世界性俗叢談》。

此後，滬上學者張偉在小思幫助下，將《辛報》和《大眾週報》兩個時期的文章合璧，在福建教育出版社出版了兩卷本的《書淫豔異錄》。雖然葉靈鳳生前自謙此類文字「不僅不足道，而且是不足為訓的」，但讀者無疑接受並樂享這一種難得的「另類書話」。

以上拉拉雜雜，僅是將葉靈鳳那些計劃中擬寫的書粗略加以梳理，並非一個完整統計。葉靈鳳一生有很多未了的心願，這些未了心願本身就如一個寶藏，挖也挖不盡。與他廣博的涉獵、多彩的創意、豐富的產出相比，他已經如願出版的那幾部書，實在微不足道也。

後記

校閱《鳳兮鳳兮葉靈鳳》過程中，不時有許多感慨湧上心頭，許多往事也一幕幕奔來眼底。我開始研究葉靈鳳很早，但真正步入正軌，還是在踏上香港這片土地之後。在我前來香港城市大學求學期間，有幸結識了葉靈鳳先生的女兒葉中敏，結識了葉靈鳳研究的前輩小思老師，結識了致力葉靈鳳著作挖掘出版的侯明女士。她們不僅為我的研究提供了諸多方便，更為我打開了一個新的天地。這本小書能在香港中華書局出版，既是侯明總編之前的約定，更有賴黎耀強副總編和葉秋弦小姐熱忱的督促，合作過程中，我充分感受到他們的敬業與高效，更體會到大家都愛葉靈鳳的那份真情。這本小書在香港中華書局出版，也是適得其所，因為葉靈鳳最重要的著作之一——《香港方物志》，最早就是由香港中華書局推出，此後，他們還出版了同樣重要的「香港史地三書」。可以說，香港中華書局是香港上海書局之外，與葉靈鳳緣分最深的出版機構。

葉靈鳳一生橫跨上海和香港兩個洋場，推算起來，在香港的時間更長，並且長眠於斯。在眾多南來文人當眾，葉靈鳳可以說是最融入香港的一個。他熱愛並書寫香港的山水草木，追尋香港的前世今生，他的香港史地研究，不僅打破了西方歷史敘事的壟斷，更為香港回歸中國提供了不可辯駁的史實。他身處海隅，相思故國，不僅熱情謳歌故國新貌，更尋古中華，向香港讀者述說神州千年的豐厚遺產。他長期經營獨具特色的文化園地，不僅開風氣之先，更影響和培養了眾多本地文學青年。他譯述和介紹了海量文學和繪畫經典，為香港民眾提供了豐厚的美育食糧。葉靈鳳一生的成就，葉靈鳳之於香港的重要，不是這樣一本小書能夠說盡的，倘能通過閱讀本書，能夠使更多讀者引發瞭解葉靈鳳的興趣，則於願足矣。

李廣宇

記於二〇二四年六月十五日

鳳兮鳳兮

葉靈鳳

李廣宇 著

責任編輯 葉秋弦
裝幀設計 簡雋盈
排　　版 楊舜君
印　　務 劉漢舉

出版 中華書局（香港）有限公司
香港北角英皇道四九九號北角工業大廈一樓B
電話 (852) 2137 2338
傳真 (852) 2713 8202
電子郵件 info@chunghwabook.com.hk
網址 http://www.chunghwabook.com.hk

發行 香港聯合書刊物流有限公司
香港新界荃灣德士古道二二〇－二四八號荃灣工業中心十六樓
電話 (852) 2150 2100
傳真 (852) 2407 3062
電子郵件 info@suplogistics.com.hk

印刷 美雅印刷製本有限公司
香港觀塘榮業街六號海濱工業大廈四樓A室

版次 二〇二四年六月初版

規格 十六開（210 mm×150 mm）

ISBN 978-988-8861-86-6

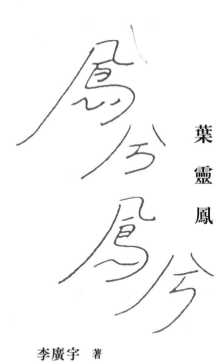